不埋沒一本好書，不錯過一個愛書人

七樓書店

INVASION

入侵

[美] 亨德里克·威廉·房龙 著 朱子仪 译

Hendrik Willem van Loon

SPM
南方出版传媒
广东人民出版社
·广州·

图书在版编目（CIP）数据

入侵／（美）亨德里克·威廉·房龙著；朱子仪译 . — 广州：
广东人民出版社，2020.1
　ISBN 978-7-218-13772-8

　Ⅰ . ①入… Ⅱ . ①亨… ②朱… Ⅲ . ①科学幻想小说
－美国－现代 Ⅳ . ① I712.45

中国版本图书馆 CIP 数据核字（2019）第 162322 号

RUQIN
入侵

[美]亨德里克·威廉·房龙　著　朱子仪　译　版权所有　翻印必究

出 版 人：肖风华

出版监制：黄　平　高　高
选题策划：七楼书店
责任编辑：刘　宇　金　龙
责任技编：周　杰　易志华
封面设计：周伟伟

出版发行：广东人民出版社
地　　址：广东省广州市海珠区新港西路 204 号 2 号楼（邮政编码：510300）
电　　话：（020）85716809（总编室）
传　　真：（020）85716872
网　　址：http://www.gdpph.com
印　　刷：山东临沂新华印刷物流集团有限责任公司
开　　本：880mm×1230mm　1/32
印　　张：10　字　数：125 千
版　　次：2020 年 1 月第 1 版　2020 年 1 月第 1 次印刷
定　　价：58.00 元

如发现印装质量问题，影响阅读，请与出版社（020 - 85716808）联系调换。
售书热线：（020）85716826

房龙自画像

1922年，房龙和两个儿子威廉、汉塞尔合影

1942年，房龙60岁生日，与出版界朋友在一起

房龙与罗斯福夫人交谈

1943年，房龙在WRUL播音

房龙画笔下的故乡鹿特丹

遭纳粹轰炸后的鹿特丹

房龙画的插图"天堂之门"

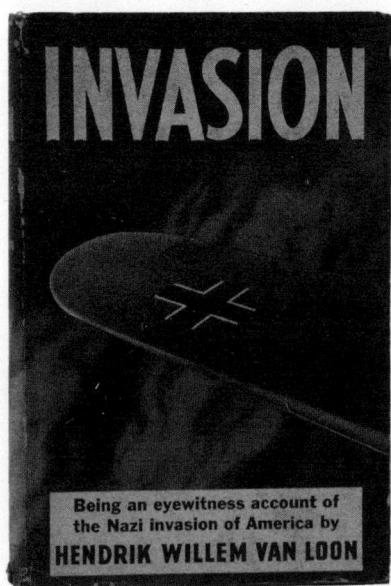

《入侵》英文版封面

Contents

目 录

译 序

　　《入侵》是美国畅销书作家亨德里克·威廉·房龙的晚期作品。20世纪20年代至30年代，房龙连写带画先后推出《人类的故事》（1921）、《房龙地理》（1932）和《艺术》（1937）等通俗历史畅销书，还有像《圣经的故事》《宽容》《天堂对话》等颇有影响的历史书，从而确立了他在出版界的独特地位。不管他写了什么、画了什么，出版公司都争相出版。因此在30多年的写作生涯中，他经常变换他的写作方式，有的作品甚至以他的手绘画为主。尤其是到了后期，他的写作方式更加丰富，有政论性的著作（如《我们的奋斗》），有与历史人物的隔空交流

（如《天堂对话》），有小篇幅的系列名人传记（如《托马斯·杰斐逊》），有配上彩图的可爱的歌曲集（如《圣诞歌集》），有自传（未完成，中文译本题为《致天堂守门人》），还有《入侵》这样虚构历史的政治幻想小说。对喜爱房龙作品的中国读者来说，《入侵》这部作品是完全陌生的。首先，它不是房龙最具代表性的作品，容易被出版界人士忽视；其次，除了1941年5月，朔风书店出版了一个书名为《纳粹进攻美国记》的译本外，70多年来就再无中文译本面世。

美国本土并没有遭受纳粹德国的入侵，这是众所周知的事实。虽然是虚构历史，但房龙写这部作品绝不是为了消遣，同样当年读《入侵》的美国读者也无法以消遣的心境去面对它。

当第二次世界大战的战火在欧洲燃烧时，老房龙虽身在美国，但其内心的焦虑和危机感是许多美国作家所不具备的。尤其是纳粹入侵荷兰、轰炸他的故乡鹿特丹，这些事件深深刺激了他。他为许多美国人对欧洲战事一直采取袖手旁观的态度感到痛心，也想通过自己的笔和作家的影响力呼唤人们警惕希特勒称霸世界的野心，放弃中立立场，起来与法西斯战斗。

1938年他出版过一本向希特勒公开宣战的政论小册子《我们的奋斗》，曾受到罗斯福总统的称赞，罗斯福还希望此书能卖出100万册，因为"我们需要这样的书"。但《我们的奋斗》没有取得成功。一时间房龙似乎心灰意冷，他在给朋友的信中说：他现在准备"让别人去照看世界上的事务了。我要坐在这里，照我喜欢的方式生活和写作"。可事实上，他根本做不到。两年后他完成了这部英文原版共203页的《入侵》，主题与《我们的奋斗》接近，只是放弃了他擅长的史论模式，采用一种显然他并不熟悉的形式——政治幻想小说。而此前他在文学领域的尝试，还是1930年出版的传记小说《伦勃朗》（中文译本名为《伦勃朗的人生苦旅》）。

《入侵》于1940年9月25日由哈考特-布雷斯出版公司出版，副标题是"纳粹入侵美国的目击者的描述"，充满戏剧性且富有想象力地表现已发生在波兰、斯堪的纳维亚和荷兰的事件将如何在大西洋这一边的美国重演。为了使所写的东西更具有文献似的真实性，房龙将自己、家人、邻居和友人都置于纳粹入侵的中心舞台，提到他们时用真实的名字或爱称。他们在纳粹的突然入侵面前表现出了非凡的勇气和信心，最终与佛蒙特农民一道歼灭了德国伞兵部队。鉴于后来发生的事件——日本利用航空母舰突然袭击珍珠港和纳粹破坏分子在纽约市附近的长岛东端登陆，房龙所要传达给美国人的危机感并不算牵强。房龙在写给报纸编辑的信中，称他所虚构的纽约遭入侵的情况已经在挪威发生了，他只是将奥斯陆换成了纽约，而他的用意是要激起人们对德国当政者的憎恨，并认识到现在已经无法再缩进象牙塔不问是非了。他本想借用小说的形式给美国公众产生比《我们的奋斗》更大的影响，但事与愿违，在美国当时浓厚的中立主义氛围中，评论界反应平淡，《入侵》的销路也不理想。房龙在给好友爱因斯坦的信中写道："销量少于5000册。而同一个时期，林白（美国飞行员）宣扬绥靖的书却卖了80,000册，这就是答案了。"房龙抱怨的是美国人的冷漠。

至于《入侵》中的人物，"我"就是作者亨德里克·威廉·房龙，吉米是房龙的妻子，汉塞尔是房龙的大儿子，威廉是房龙的次子，珍妮特是房龙的大儿媳。弗兰克·凯斯是纽约阿尔贡金饭店的老板，房龙成名后，每次到纽约总是住在凯斯的饭店。有意思的是，有关这本书最极端的差评竟来自房龙的次子威廉。威廉即杰勒德·威廉·房龙，他在传记作品《房龙的故事》（中文译本书名为《房龙传》）中认为《入侵》充其量表明，"他（指房龙）那病态的自我中心主义又达到了新的高度"。威廉对《入侵》的评价是：入侵的想法本身不算牵强，但房龙把自己放到其中就显得很荒唐了；《入侵》是作者的白日梦，幻想自己处于危急局势的中心舞台；因此，"《入侵》是一部虚有其表、自我美化的作品，根本就不值得把它印出来"。由于威廉对自己的父亲多有不满，《房龙的故事》中充满了对老房龙的贬抑之词，对《入侵》的评价同样有失公允。

今天读来，《入侵》作为警示性的"概念化"或"主题先行"的作品没有太高的文学价值，也不算房龙的成功之作，但它是一部故事情节颇为吸引人的作品，今天的读者会把它视同一部灾难"大片"或有悬念的战争小说。其实仅仅是房龙本人在小说中充当主人公就已经足够有趣了，这一次他还活生生出现在读者面前。尽管作品中纳粹分子企图截杀房龙的情节有点像好莱坞影片中的追杀闹剧，但德国人入侵时，纽约地区混乱的灾难场景却描绘得非常有感染力，房龙毕竟曾在东欧报道过暴动谋杀，在第一次世界大战中当过战地记者，对战时气氛的渲染不乏神来之笔。今天的读者或许不理解房龙在书中为何将亲纳粹分子与亲苏联的人同等看待。但在当时，一个外交事件令全世界感到震惊，那就是1939年8月苏德签订互不侵犯条约。紧接着，1939年11月30日，苏联入侵芬兰，最终迫使芬兰割让与租借部分领土。这两个事件使苏联的国际声誉受到很大损害。房龙对美国亲苏人士怀有戒心不足为怪。

尽管《入侵》在美国反响不算大，可该书出版的第二年5月，在中国就有了中文译本，书名为《纳粹进攻美国记》，由朔风书店出版，迺治译述。这个译本没有译者或中国别的什么文学界人士写的前言后记，因此我们无法知道当时翻译《入侵》的缘起、意旨和过程。不过1941年，中国的抗日战争处于相持阶段，国内抗战士气有所提升。《纳粹进攻美国记》对早已深陷战争苦难的中国读者并不会起到房龙希望它发挥的警醒作用，倒是作品虚构的美国人击败纳粹德国入侵的故事能起到鼓舞人心的作用。

译者译过多部老房龙的作品，也参与过房龙文集的策划，亲身经历并助力房龙作品在中国出版界热销的时代。

几年前译者得到了一本英文版的《入侵》，鉴于《入侵》70多年来再无中文译本问世，且这部书颇具可读性和警世意义，可以让读者更加了解房龙本人，就有了将它译出来的念头。虽说这部小说篇幅并不长，但近年来各种事情缠身，直到今年才有时间专心译述。为了让读者了解老房龙在"二战"期间的真实生活（他是美国著名的坚定的反纳粹斗士），译者根据房龙的传记资料编译了一篇《老房龙的战争》作为本书的附录，可帮助读者更好地理解小说《入侵》中的内容。

朱子仪

2019年7月于北京五道口

《我们的奋斗》译者前言 [1]

与历史学家、畅销书作家亨德里克·威廉·房龙的大多数著作不同,《我们的奋斗》和《致圣彼得的报告》[2] 摆脱了历史框架,偏离了房龙作品的基本套路,专注于具有浓厚个性色彩的自我表达。它们的酝酿和写作都受到强烈的个人情绪的驱动。《我们的奋斗》是因为愤怒,《致圣彼得的报告》是因为怀旧。

---

[1] 《我们的奋斗》是房龙1938年出版的一本政论小册子,可以看作是《入侵》的前身。两书的写作初衷与立场,展示了房龙对抗希特勒及法西斯主义威权的一贯立场。本次出版,收录这篇前言,以便读者对《入侵》一书的写作背景有更深入的理解。

[2] 《致天堂守门人》的另一译名。——编注

《我们的奋斗》全名《我们的奋斗——对希特勒〈我的奋斗〉的回击》出版于1938年，是一部政论著作。这部篇幅不长的作品从封面、封底再到正文都透着一股特定时代的气息。在不同寻常的1938年，房龙与其说是在写作，不如说是在战斗。

　　由西蒙和舒斯特出版公司出版的《我们的奋斗》，在封面上印了一段触目惊心的文字：

　　　　阿道夫·希特勒在那本他取名为《我的奋斗》的书中阐述了他的行动计划。这位元首受其在中欧成功的激励，如今把眼光转向对世界的统治。他的宣传员们已经在这个半球兴风作浪。亨德里克·威廉·房龙在其发起的强有力的反击中，阐明仍享有自由的人们必须采取行动，与希特勒日益膨胀的权势做斗争。《我们的奋斗》是呼唤行动的一声警钟，呼唤人们在面对无所不在的法西斯主义威胁时起来捍卫民主。

该书的封底还有美国著名广播评论员H.V.卡顿伯恩（1878—1965）情真意切的评语：

《我们的奋斗》是一位杰出历史学家对纳粹德国卑鄙伎俩发出的怒不可遏的滔滔雄辩。这表明这位和蔼的智者和友善的人道主义者因民主面临威胁而转变成勇敢的斗士。

歇斯底里的希特勒那邪恶的目光已经盯上了大西洋彼岸——新大陆受到在暗中蔓延的纳粹宣传的侵扰。欧洲已在慕尼黑沦丧。我们仍然享有自由，并要独自去抵抗世界上最强大、最凶残、最无情的军事独裁。事实已经证明，一切对理性、条约和协议的恳请，用来对付一个受疯狂仇恨困扰的心智伤残的人都无能为力。

在一切为时太晚之前，我请求所有的美国同胞都倾听房龙的呼吁。这本书就是唤醒美国重新武装自己和进行抵抗的号角！

在该书正文后的"作者介绍"中，编者强调了房龙的"德国背景"，既有血统方面的，也有他在慕尼黑获得博士学位，以及经常出入德国的经历。这些显然决定了房龙对德国历史和现状的熟悉程度。"作者介绍"中特别提到：

由于多次在文章和广播中劝告美国人要警惕危险的纳粹，他不能再去德国了。但今年（1938年）夏天，房龙花了4个月的时间在地理位置邻近德国的国家，尽可能多地收集有关第三帝国状况的第一手资料，并于10月初回到了美国。这本书就是这次发现之旅的成果。这次旅行使他对我们国家未来的命运充满忧虑，我们必须及时认识到一种政治哲学（纳粹主义）的危险性，它是一切民主形式的死敌。

这几段文字不同于一般推销书籍的广告词，它们真切地传达了一种形势逼人甚至大难临头的紧迫感。

1938年对两个大陆而言都不是平常的一年。在欧洲，纳粹德国于3月间吞并了奥地利，9月与英、法、意签订了《慕尼黑协定》，随后在法国和英国的默许下占领了捷克斯洛伐克的苏台德地区。在美国，从1937年中期开始的经济衰退持续恶化，直到1938年夏季晚些时候才出现复苏的迹象。尽管罗斯福总统在致国会的咨文中强调要加强军事力量，指出日益加剧的国际紧张局势可能使美国不得不保卫自己，他还要求国会拨款建立一支能够保卫大西洋和太平洋的海军。但在美国国内，人们的情绪普遍带有孤立主义色彩，觉得大西洋是天然屏障，欧洲的紧张局势不会对美洲大陆构成威胁，而5月众议院成立的"非美活动委员会"热衷于调查亲苏亲共的组织和活动，并把这类组织和活动视为美国的最大威胁。

作为一个历史学家，房龙的直觉告诉他：由于纳粹德国和意大利法西斯的存在，此时欧洲正面临一场空前的灾难，前一次世界大战早已为这场灾难埋下了祸根，而欧洲盛行的绥靖外交政策和美国国内的孤立主义情绪则助长了纳粹和法西斯的气焰；至于调查亲苏亲共组织和活动的众议院"非美活动委员会"只是在扰乱视听，使公众察觉不到真正的威胁；如果美国袖手旁观，这场灾难将波及全世界，美国也难以幸免。

从《我们的奋斗》的序言看，房龙似乎是受发生在纽约的一个事件的刺激才有了写这本书的念头。

昨天，在为纪念发现西印度群岛的克里斯托弗·哥伦布而举行的集会上，纽约（西方民主制度下最伟大的城市）的市长引来一片轻蔑的嘘声，而当一个外国独裁者的名字（墨索里尼）被提到时，却赢得与会者吵吵嚷嚷的喝彩声。

然而在他内心早就存在的更大的刺激却是来自一本

书——阿道夫·希特勒的《我的奋斗》（*Mein Kampf*）。《我的奋斗》分两卷，分别出版于1925年和1927年。第一卷标题为"清算"，1924年写于莱希河畔兰茨贝格的巴伐利亚要塞，当时希特勒因1923年"啤酒馆暴动"失败而被囚禁该地。书的序言中写道：

> 这本书……其主旨不单单是要阐明我们运动的目标，同时力求描绘出这一运动发展的前景。……为了能够在基本的理论上达到一致，并在行动上获得统一，我们需要有成文的著作，作为日后行动的指南。这两本书将作为运动的基石，它概括了我们共同的价值观。

书中叙述了希特勒的青年时代、第一次世界大战以及导致1918年德国战败的"背叛"，表达了希特勒的种族主义思想——他把雅利安人说成是"优秀"民族，而把犹太人称作"寄生虫",宣称德国人需要从东方的斯拉夫人和俄国马克思主义者那里寻求生存空间。书中还号召向法国复仇。第二卷标题为"国家社会主义运动",写于1924年12月希特勒获释之后,概述了他的政治纲领,其中提出国社党无论在夺权时还是在夺权后的新德国,都必须实行恐怖措施。

《我的奋斗》英文译本于1933年在美国面世时引起轩然大波,因为希特勒的梦想和蓝图对欧洲和世界实在是一个噩梦。它不是一本真正意义上的自传,而是用意恶毒的纳粹主义和反犹主义的宣传品。希特勒的前半生也许是坎坷的,但他的生活之路和人生思考指向的不是积极的建设和善意的变革,而是丧心病狂的破坏和毁灭。奥托·托利舒斯在《纽约时报杂志》上撰文写道:"从内容上看,《我的奋斗》10%是自传,90%是他的信条,100%是宣传。书中的每一个字……仅仅是要达到宣传的效果。"美国犹太人报纸用这样激烈的言语表示抗议:"如果霍顿·米夫林出版公司执意出版希特勒的书，他们最好用红色字体印刷，红色象征鲜血，从第三帝国纳粹的大棒上滴下的鲜血。"

作为房龙写于20世纪30年代的一系列政论小册子中最有影响的一本，《我们的奋斗》明确表明这本书是作者个人对希特勒《我的奋斗》的回应，这意味着房龙以个人名义直接向希特勒及其在美国的同情者和支持者发出挑战。

一个偶然的机会，他拿起希特勒的《我的奋斗》来读。随后他在给友人的信中写道：

我已仔细地、逐字逐句地读了希特勒所写的东西。我不想评判他对犹太人的"胡言乱语"。我想要他告诉我他自己的故事。他通过言辞表露的风格非常可恶却并未切中要害。可这本书的内容，没有历史的概念。神圣的耶稣啊，真是令人难以置信。这是我所读过的最无知的书。而所有这样的极端无知竟被大肆夸耀，就仿佛这是一个光荣的新发现。

我认为这个人是自拿破仑以来对世界和平的最大威胁，是又一个因拒绝学习历史而玩儿命蛮干的鲁莽汉。我想我有责任回去发起一场反希特勒的运动，不仅仅是因为他讨厌犹太人，而是因为他与一切拯救文明的方式为敌，是我们不共戴天的敌人。

……除非我们从一开始就与这个人作战，否则他将消灭我们。

这段文字带有一种孤军奋战的悲壮感。房龙曾因在他主持的广播节目中讽刺希特勒和墨索里尼而遭到美国一些同情德国纳粹和意大利法西斯的听众的抗议，全国广播公司（NBC）还因此撤掉了房龙的节目。后来就发生了《我们的奋斗》前言中提到的事件。于是他花了三个星期的时间写了《我们的奋斗》。

《我们的奋斗》英文版全书共139页，没有配上房龙标志性的自绘插图，这在他出版的著作中显得不同寻常。房龙的自绘插图对读者来说是其作品独特魅力之所在，对喜欢画画的作家本人来说，则给他的写作增添了个人表现的空间和娱乐性。而写作《我们的奋斗》显然是没有任何娱乐性可言的。《我们的奋斗》不像他的许多作品那样可以用作圣诞节馈赠亲友的礼物，它言辞激烈、直率，不过读过这本书的人，有不少立即就成了他的支持者。

房龙跟罗斯福总统一家有不少私人交往。《我们的奋斗》出版后，他也给总统寄去一本。"我认为这是杰出的作品，"读完这本书后，罗斯福总统给房龙写信说，"最好你能卖出100万册。我们需要这样的书。"美国作家路易斯·布罗姆菲尔德为《纽约先驱论坛报》撰文："我认为，这是一本此时此刻每一个美国公民都应该人手一册的书……他用一种经典的明白易懂的散文写成……既含有老一套的哲学观点又具有一种有说服力的新见解。但这本书与房龙先生的其他书不同，它自始至终慷慨激昂。"当然，这本书也受到美国国内孤立主义者、绥靖主义者和为希特勒辩护的人的责难。

《我们的奋斗》并非历史著作，但它用历史来告诫世人。它缺乏足够的第一手资料是显而易见的，在论述过程中也暴露出作者思想理念的某些局限性，尤其是将希特勒与法国大革命时期的罗伯斯庇尔相比较，未必有助于读者认清希特勒和纳粹主义的本质。对照第二次世界大战实际的进程，房龙的一些预言也没有成为现实。他既没预料到英国能扛住德国的空中打击，也没预料到苏联会在反法西斯战争中扮演重要角色。但他对当时欧洲局势严重性的洞察以及对希特勒危险性的评估，无论当时还是今天都给读者留下深刻印象。

在房龙为数众多、图文并茂的著作中，《我们的奋斗》这本政论著作很容易被人忽视。然而就房龙的著述生涯而言，《我们的奋斗》自有其特殊的地位和价值，它体现了鲜明的时代特征和作家卓越的人格特征。他的儿子杰勒德·威廉·房龙在回忆录里认为这本书如果写得慢一些（不那么仓促），书的质量和价值都会更高一些。这种看法有一定的道理。但仓促写就的《我们的奋斗》的价值和意义恰恰就在于其独特的时代性和战斗性，它表明房龙是一个有正义感、责任感的作家，当他以历史学家敏感的嗅觉在人世间嗅到了魔鬼的气息时，在准备还不够充分的情况下，他就挺身而出，向自己的同胞发出警告，勇敢地为捍卫正义和世界的和平而斗争。

《我们的奋斗》英文版原本不分章节，洋洋洒洒，一贯到底。为了便于阅读，中文译本将原文分成若干章，分别标上题目，使老房龙的见解更加直观，使《我们的奋斗》这篇警世雄文的层次更加分明。

《致圣彼得的报告》出版于1947年，房龙已经去世3年了。这是一部未完成的自传。对房龙的作品有深刻印象的读者，可能都希望对这位独具魅力的作家的个人生活有所了解。晚年的房龙撰写一部坦陈其一生经历的自传，确实是读书界所期待的。但房龙留下的唯一一部自传性的作品，却使那些想更多了解作家个人生活方面的人大失所望。因为它更像是一部思想自传。如果上帝给房龙充足的时间，让他能够写完追忆其一生思想轨迹的《致圣彼得的报告》，那它的篇幅不会只有区区200页，很可能将是一部八九百页甚至超过1000页的巨著。

据陪伴他到最后的吉米（他的第二任妻子）介绍，《天堂对话》出版以后，房龙计划再写一本大书。在亲友的鼓励下，他开始动手写自传。准确地说是他开始画画。他的写作常常从画画开始。据他的一位好友弗雷泽·邦德写的题为《亨德里克与"天国之门"》的回忆文章，直到去世前一个多星期，房龙还在绘制《致圣彼得的报告》的插图"天国之门"，并在征求朋友的意见后修改画稿。他起先画的"天国之门"与一般教堂的边门没多大不同，后来他意识到"天国之门"应该"更简朴，更宽敞"。不过，自传的写作断断续续，他的头脑里好像总有新的念头来打扰自传的进程，再加上他的心脏病一次又一次地发作。就这样直到去世，《致圣彼得的报告》仅完成了200页。联想到房龙往日旺盛的写作欲望，这样的分量未免少得可怜。

这部自传性作品的全名为《致圣彼得的有关亨德里克·威廉·房龙早年生活过的人世间的报告》，简称《致圣彼得的报告》。按照房龙本人的解释，他把圣徒彼得想象成天国里慈祥的守门人，这份报告就是呈递给圣彼得的，想让对方充分地了解自己；有了这个"敲门砖"，房龙本人也可以更快获得在天国花园里的永久居住权。这个解释当然是一个房龙式的玩笑。他这部书毕竟是写给人间的读者，而非天国的圣徒的。

准确地说，房龙是想围绕这样一个问题写他的自传："我为何变成了现在这个样子？"他相信对自己一生思想轨迹的剖析，对许多因突然降临的灾难（第二次世界大战）而处于迷惘之中的美国年轻人会有所启发。或许这部自传应称为"心灵史"，书中生命的增长不是以行为的排列和积累加以体现的，生命的增长在书中是由一个孩子头脑里冒出来的念头和残留在记忆中的感受来表现的。该书写下了作家前12年的思想轨迹，看似幼稚可笑的想法的产生过程、随后的变化以及对房龙个人一生的影响。书中用大量的篇幅谈论荷兰人的祖先、鹿特丹旧时的城市面貌、早期基督徒和中世纪的行吟诗人等，并非房龙喜欢唠叨历史内容的癖好又在作怪，而是因为这些历史内容与他生命前12年的思想轨迹密不可分。这位通俗历史学家似乎觉得只有将他个人的所思所感放到历史的背景中对读者才有意义。房龙的用意十分明显，他要借这一番"心灵史"的回顾，对自己所遭遇的种种偏见和谬论来一次总的清算，并以他对事实真相的揭示启迪后人。

当然，怀旧是写作《致圣彼得的报告》的直接动力。以往频繁出入欧洲的房龙，此时已与欧洲隔绝多时，而他的故乡荷兰受尽战火蹂躏，此时仍被纳粹德国占领。他想通过回忆、运用文字来重塑他心目中的荷兰和欧洲。

房龙的自传书稿，生前发表的仅有《我的教科书》这一章。1939年纽约举办世界博览会，杜邦公司以"化学的神奇世界"为主题参展，并打算印制一本用该公司研发的新型材料做封面的小册子在博览会上散发。

几个正筹备印制该小册子的人士特意拜访了在老格林威治家中的房龙。当宾主悠闲地喝茶时，来访者聊起学校教科书的话题。他们很快就发现这一趟不虚此行。就听主人说道："你们的话就像是在引用我自己有关教科书的一章。"杜邦公司的人请求房龙让他们看看那一章，主人便拿出那份手稿。手稿的内容居然非常切合他们刚才聊的主题，所以来访者请求房龙允许他们将它付印。

房龙同意了，不过他也提出一个条件，让他本人给这篇文字画上几张插图，对此他是这么解释的："我的书没有插图，那相貌就如同去圣詹姆斯宫觐见英国国王却忘了系领带。"于是薄薄的一册《我的教科书》就问世了，带着十足的房龙风格——幽默的文字装点着生动的插图，而且新型材料的布面使小册子看上去精美、雅致。

这里我们将《我的教科书》作为"另外一章"，与房龙去世后整理出版的未完成自传《致圣彼得的报告》合在一起，也算是为房龙的自述性文章做了点拾遗补阙的工作。

朱子仪

2013年4月于北京五道口

"这一天开创了一个新世界。"

1792年9月20日，瓦尔密战役[1]爆发的那个夜晚，德国诗人歌德这样写道。

---

[1] 1792年9月20日，法军在瓦尔密战役中战胜普鲁士军队。

序言：致孙儿们的信

　　那天我在翻检一大堆旧手稿。现在你们也都长大成人，家里不久就需要有更多的房间给你们的孩子住。所以我就到阁楼上查看，那部分空间我们只是用作贮藏室，存放旧手稿以及装满校样和散乱图画的箱子。假如在过去的40年你们也像我那样忙得什么都顾不上的话，简直都无法相信这么多废纸是怎么堆积起来的。就在我想要迅速清理这堆废纸时，意外发现了一只棕色的大信封。根据信封上的标签，里面装的是"美国遭受大入侵时亲身经历的记录"。

　　我已完全忘记了这些记录的存在。就在我想把它们扔掉时，却产生了也许自己有兴趣重读一遍的念头，这可以使我重温这些不寻常的事件。你们的父母、威廉叔叔以及我们的几个好友也都参与其中。我打开信封，发现自己已在某个时候将那些记录编成一个颇为规整和连贯的故事了。

　　如果你要求新闻报道也具有某种文学价值的话，那么正像我很快就发现的，它实在算不上是一篇故事。显然我是在事件发生后的几天内把一切都记录下来，准备稍后有空的时候再重写一遍。我不知道后来自己为什么一直没有这么做。可能当时我正忙于写"普通人"的历史，这是我感觉最难对付的一本书。要么就是那时我觉得人们对此事已不再关注了。况且对他们来说，这简直就是一场噩梦，自己刚刚经历了这么可怕的事情，实在不愿别人再对他们提起。不管是什么原因吧，反正这部手稿没有出版。它被送进贮藏室，一直搁在那里，直到我们决定将阁楼的这部分空间改成卧室，我才偶然看到了它。

过了几天，碰巧有个出版界的朋友来我家玩纸牌，我就把这部稿子拿给他看了。他要求把它带回家去看。次日一大早他就打来电话。他在电话中说："我昨晚读这个故事几乎读了一整夜。我们干吗不把它出版了呢？"

我很是踌躇。"听着，"我对他说，"这是我20年前写的。当时我一定是写得过于仓促，所以这故事有点连不起来。你现在要出版的话，我得把它从头到尾重写一遍。"

"不，我可不想要你这么做。"他回答，"我看得出来这不是你最好的作品。它比不上你写的《伦勃朗传》，也比不上你的那本《艺术》[1]。可它写得很传神，可以使我们这些有亲身经历的人回想起那段担惊受怕的日子。我把这部稿子拿给出版社别的同事看了，他们都记得这事，

---

[1] 《伦勃朗传》是房龙的一部以荷兰绘画大师伦勃朗为中心人物的传记小说，出版于1930年。《艺术》又名《人类的艺术》，是一部关于所有艺术的通俗历史著作，1937年在美国出版后即成为畅销书。

读过之后也深有同感。他们很想把这样的回忆以书的形式让他们的儿女看，让孩子们知道那些日子我们的处境有多么凶险，当时希特勒想要把美国变成另一个法国[1]。年轻一代只是从教科书中了解这个事件。对于他们，这就跟独立战争或南北战争一样，那么遥远，远到令他们难以置信。不，一个字都不要改。书中的一切既然是当时写下的，可以让他们感同身受。他们不会计较什么文学价值的。因为那些有趣的细节，或许就因为那种粗率的写作风格，他们不仅喜欢它，而且还能理解它，甚至能'感受'它。"

我说我要跟妻子吉米商量之后再决定。我和吉米商量了几天，认同了朋友的看法。我们把稿子交给他处理，这本书也就这么出版了。

孩子们，在这封信结尾之前，我还有几句话要对你们

---

[1]　指1940年6月，德军逼近巴黎，贝当元帅投降，在维希成立政府与德国"合作"。

说。你们要记住，这是美国刚遭受入侵的48小时亲身经历的记录。在书中你们会看到许多第一人称的单数和复数形式，这跟一般公认的好的文学作品不同，但在那种境况下，这么写是无法避免的。

还有一点我要强调一下。我们不是英雄。我们只不过是很普通的人，在最初几个恐怖的日子里，我们就像有亲身经历的数以百万的其他人一样感到极度恐慌。等到事态平息，我们不免总是怀疑这些不寻常的冒险是否真的发生过，不明白我们为什么竟能幸存下来。不过我想，原因显而易见。突然遭受险些使我们国家覆灭的大祸，使我们面对生死存亡的选择，我们自然想要活下去，于是拼尽全力要让自己活得更久一些。亲爱的孙儿们，那便是我们能幸存下来的原因。

亨德里克·威廉·房龙

1960年10月3日写于康涅狄格州老格林威治

闷热的纽约

白天特别闷热，我感到很累，于是拿定主意想在晚饭前那段时间睡上一会儿。可我怎么也睡不着，就从总是放在床边、为这种情况而预备的书本中抽出了一本。碰巧抽到的是埃贡·费里台尔写的《现代文化史》。

对费里台尔这个人，我一直怀着真挚的情感。他不只是一位优秀的演员，而且就像很多业余的历史学家一样，他有什么牌就出什么牌，不像我们历史学圈子里的专家们，总是喜欢故弄玄虚，好像给人印象越是沉闷就越有名望。

我从未见过费里台尔，不过那些认识他的人告诉我，他性格开朗，演戏好，写作也好，处处都显现出其对各色人等的独特见解。作为一个真正的文明人，早在可怜的奥地利沦为其来自多瑙河上游的孽子[1]的牺牲品之前，他就一直对那些朝希特勒欢呼的游手好闲的家伙怀着深深的厌恶。

可出人意料的是，最终费里台尔因为误会而自杀了。他知道维也纳当地的纳粹分子对他又怕又恨，他知道自己不会有好结果。所以当一伙流氓闯入他住的公寓时，他认定他们想要杀死他，他不想落在他们手里而成为这些人事后夸耀的资本，就从窗口跳出去自杀了。

那时奥地利正处于崩溃之中，谁也不会去多关注某个个人的命运。可文艺界却失去了一位那个时代重要的先知，他的这个地位至今还没有哪个在希特勒复仇的日子中幸存下来的人能填补上。

---

[1] 指阿道夫·希特勒。他出生于奥地利的布劳瑙。1938年春天，他派兵占领了奥地利。所以这里称希特勒为"孽子"。

我随手翻开了费里台尔写的书，刚好在这一页上，他写到了歌德对著名的瓦尔密战役的感叹。

　　这在世界史上是一个很不寻常的插曲，普鲁士和奥地利的军队企图镇压法国革命，帮法国王室重建塞纳河沿岸的旧秩序。

　　当然，谁都确定无疑地知道结果会是什么样子。法兰西原有的王室军队已经不存在了。以前的军官不是丢了性命就是流亡国外。军士们则被理发师、杂货店伙计和酿酒工人取代了；他们对战略战术不甚精通，但发誓要将博爱平等的福音带给全世界所有受奴役的民族。当人们想到此时开往法国去的军人，曾在腓特烈大帝[1]的麾下作战，还在利奥波德二世[2]的元帅们的指挥下跟土耳其人打过仗，因此，人们设想这场战斗只能被形容成一场

_____

[1]　腓特烈大帝（1712—1786），普鲁士国王。他在军事上的巨大胜利，使普鲁士赢得"天下无敌"的美名。

[2]　利奥波德二世（1747—1792），神圣罗马帝国皇帝，他呼吁欧洲各国君主用武力去保卫法国专制政府。

轻而易举的军事野餐。布拉班特公爵需要做的就是发表一份措辞严厉的宣言，然后那些法兰西爱国者就会像兔子似的仓皇逃窜，一直逃到他们的老窝，再也不敢露面了。唉，结果竟那么不同，竟造就了军事史上一场空前的惨败。

瓦尔密是凡尔登[1]与巴黎之间大道上的一个默默无名的小村落。熟悉1940年法国军队溃败的读者，一定知道这条大道。1792年秋天，这里雨水很多，双方军队都深陷泥泞之中。不过，只要一交战，法国人就惊慌地撤退，看来没有什么能够阻挡皇帝和王室的军队向法国首都胜利进军了。布伦瑞克公爵的头脑里也是这个想法，9月20日一大早，他下令向法军防线发动总攻。43岁的歌德当时在魏玛公爵麾下服役，跟随公爵参加了这场战斗。所以他能亲眼看到在瓦尔密这个著名的早晨，战斗的进程完全出人意

---

[1] 凡尔登：法国东北部默兹省城镇。因848年的《凡尔登条约》和第一次世界大战中惨烈的凡尔登战役而闻名。

料。先是旧政体训练有素的军队勇敢前进，去摧毁法国革命者，可没过几分钟，他们就后退了，退到了他们出发的地方。

后来军事评论家几乎花费了一个半世纪想去解释这场失败。他们都肯定了普鲁士军队冒着法军的炮火前进时的英勇表现。他们一致认为只要再坚持15分钟，就能突破法军的抵抗，冲进对方的防线。但他们谁都无法解释为何这些经验老到的军队会撤退。显然他们出了什么问题。他们的精神或士气出了问题，而法国人则精神抖擞、士气高昂。可这就救了法国将军克勒曼和他统率的那批缺少武器和训练的革命军人。他们没有大炮，没有好的指挥员，可他们的心灵充满了新的"精神"，显示出一种新的"士气"。这需要有像歌德这样的诗人的观察力，才能在那天的日记中写下"开创了一个新世界"这样的字句。

脑子里还缠绕着最近四周的坏消息，我一字一句地重读费里台尔著作第二卷中这个早已熟悉的章节。但我很快就失去了兴趣，因为很难把注意力集中在书上。

正像前面提到过的，那年的夏季和秋季天气都很糟糕。我这人一向最怕热。天气冷到什么程度都没关系，我毫无怨言。只要在火炉里多加几块木柴，身上多穿一件毛衣，我就感到舒服了。可当一阵阵湿热降临曼哈顿，我就无力抵抗了。我从清早到深夜都感到不舒服。到最后，连我的脑子也开始融化了，变得跟浓稠的汤似的，一些不成熟的念头在其中毫无目的地漂浮来漂浮去，就跟洪水中漂浮的旧家具似的。

可每当纽约城遭受土耳其浴般空气的煎熬，总有些事情落到我头上，不仅我被叫进城里，而且我还不得不待在那里，在弗兰克·凯斯开的旅馆[1]那些再熟悉不过的有冷气的房间里住几个晚上。我跟弗兰克谈了一会儿，当时他

---

[1] 指纽约的阿尔贡金旅馆，弗兰克·凯斯是该豪华旅馆的创办人。该旅馆经常有作家入住，被誉为"文学作品的摇篮"。

看上去有点无精打采，我注意到他很忧虑。我问起那些在厨房工作的德国人的情况。

"没惹什么麻烦吧？"我问，"他们有纳粹倾向对不对？"

"没错，"他答道，"他们是有纳粹倾向，可我又能怎么办呢？他们照常做自己的工作，而且做得很不错。他们在锅碗瓢盆中忙碌的时候从不掺和进他们的政治观点。而且实际上他们都是美国公民。至少得有了美国国籍我才会雇用他们，所以他们就不会让我找到任何解雇他们的理由，甚至都找不到怀疑他们的理由。不错，事情就是这么复杂和难办。"

已经好久了，不管我走到哪儿，都会听到同样的话。人们怀疑自己雇用的德国人。他们对自己雇用的伙计、会计和女秘书也怀有戒心，因为他们每天在开始工作之前都相当显眼地在人前展示《工人日报》。当然，谁都不想去干涉自己的雇员享受宪法赋予的权利。在此多事之秋，人们的权利总是备受关注，每个人都把言论自由权挂在嘴边。

谁要是对他们拿着资本主义的工资和奖金，却把布尔什维克的宣传品带进办公室稍稍表示不满，这些年轻人就会非常愤慨地加以回应。"我们不过是看看《工人日报》罢了，"他们会这么说，"我们既然是美国人，就要坚持公正公平。如果只读《纽约时报》和《论坛报》，就不可能听到来自另一方的声音，各方的意见我们都想知道。再说，俄国一直在为和平正义而奋斗。当然，如果你坚持，我们可以不把《工人日报》带到办公室，但在我们看来，这么做就等于剥夺了我们应该享有的宪法赋予的权利。"

事情就是这样在发展，几个月以来一直如此。大多数善良的美国人还快乐、惬意地生活在他们小小的梦境之中，他们善良到都无法相信欧洲独裁者们会有什么"险恶用心"。

有时我会提醒一下他们中的一些人，说他们被蒙蔽了，总有一天，那些外表看似很谦卑的人会喝令他们带上他们"令人作呕的"宪法一起滚蛋，把他们经营的产业交给"人民的代言人"来处理。可对我的警告，他们只是摇头，都不相信。

"这只是你的偏见，"他们会这么对我说，"你有偏见是因为纳粹占领了荷兰，但这里是美国，情况完全不同。这里的情况之所以不同，是因为这里的人不一样。这些外来分子都是很忠诚的，是美国改变了他们。你多观察就会明白的！"

起先，我还尽我所能想让他们明白，他们固执地拒绝对事态持较为现实的看法相当危险。我就把从我的故乡传来的诸如谋杀和陷害这样的事情，又对他们说了一遍。我想告诉他们，荷兰人本来的想法跟他们如出一辙，可第五纵队[1]使这个国家城门洞开，阿道夫·希特勒的军队也就

---

[1] 第五纵队是指在内部进行破坏，与敌人里应外合，不择手段颠覆、破坏国家团结的团体。

乘虚而入,荷兰人只好接受投降的屈辱命运。可我讲的事情没在纽约的朋友们那里留下半点儿印象。他们耸耸肩说道:"哦,好吧,在欧洲这也许是真的,但这样的事情在这里绝不会发生!"

这就是那可怕的一周中纽约的氛围,除了高温天气,每小时都有消息从欧洲传来,事态越来越危险,越来越严重。尽管各种警告接踵而至,但这里的人始终不肯跨出他们小小的快乐梦境一步,去估量一下他们周围的状况。他们反复说着"德国将发生革命"的荒唐透顶的预言,还很有把握地认为不久上帝就会在法国、巴尔干半岛或遥远的乌干达显示奇迹。

最后我无计可施了,就给儿子打电话,说我将乘5点8分的火车回老格林威治,叫他来接我。等我到了车站,我们的朋友伊丽莎白也在那里。吉米建议她出城到乡下去呼吸一点新鲜空气,度过一个宁静的夜晚。火车快开的时候,看哪,钢琴家格蕾丝也来了,她刚好赶上这趟火车。

我和她合编的关于巴赫的书[1]还没有完成。她带了几张唱片想让我看看她选的音乐，吉米告诉她能在5点8分的火车上见到我们。要是格蕾丝没能幸运赶上这趟车的话，也许她就再也弹不了钢琴了。恐怕她会像她的爱猫"强尼"那样死得直挺挺的。几个月以后，清理废墟的人在曾是格蕾丝住处的地方发现了强尼的遗骸，它被压在她的一架"施坦威"牌德国钢琴下面。

纳粹空军突袭纽约时，他们的首批袭击目标之一就是离乔治·华盛顿大桥不远的设在泰特博罗的班狄克斯飞机工厂，而乔治·华盛顿大桥当然也是那个夜晚轰炸的目标之一。在漆黑的夜幕中，纳粹飞行员显然在确定班狄克斯飞机工厂的位置时遇到了困难，在搜寻过程中，他们将几吨炸弹投到了伍德里奇村，村中的小木屋像纸牌搭的似的纷纷倒塌。

---

[1] 指《约翰·塞巴斯蒂安·巴赫传》，1940年出版。

几个月后，格蕾丝回到自己的家，虽然看到的是一片废墟，但她母亲的庭园却因开满了野花而景色如画。至于那位母亲，也是好运当头，就在空袭开始之前她离开了家，到鲁赛福德的夜市购物去了。

　　而格蕾丝的父亲，在第一批燃烧弹投进哈斯勃鲁克高地时，他接到了火警报告。他的救火车算是及时赶到了，却对救火没起到任何作用，因为某个属于第五纵队的人早已切断了供水管。这个可恶的切断水管的家伙始终没有被抓获。他肯定是为数不少的纳粹同情者之一。在新泽西州变成纳粹组织"本特"（德语意为"邦联"）成员的乐园的那些日子里，这样的人到处都是。但可以肯定他最终难逃厄运。等到新泽西国民自卫队终于恢复了那里的秩序，曾在一个公园里发现了30多具儿童的尸体（他们是被一颗炸弹炸死的）。国民自卫队的队员们义愤填膺，顿时便把宪法对我们公民（连第五纵队成员也包括在内）享有权利的种种美好的承诺忘得一干二净。凡是听说跟纽约的"本特"总部有牵连的人，他们一见到就开枪。在肃清纳粹分子的那两天里，被处决者的数目始终没有准确的统计，不过伯根这个地方的《晚报》对这个事件有详细的报道，报道称确切的数字大概在100到120之间。

悲惨的比尔

还是言归正传吧。正像此前我已经说过的，那天天气很热，湿度大到让人根本没法儿忍受，在这样的情形下，我简直什么都做不成。我又把整个下午花在努力为我的小书《我们的奋斗》做宣传上面。1938年，我们从瑞典回来后不久，我就写完了这本书。在瑞典听说的一些事情，令我非常不安。无论在芬兰还是在瑞典，都有人说希特勒随时可能跟苏联达成协议。据说只要斯大林愿意帮助他进攻波兰，希特勒就准备忘掉在《我的奋斗》一书中提到的有关苏联和布尔什维克的一切。还有消息灵通人士告诉我，波兰并不打算做任何抵抗。毕苏斯基[1]死后，波兰的统治权已经落入一帮全无责任感的五流政客手中。他们把同盟国的借款挥霍在几个无足轻重的计划上面，剩下的钱都进了自己的腰包。而那些被认为足以抵抗来自东面的入侵的坚固防线却被完全忽视了。

我回到美国时，发现美国人完全没有意识到危机已再度威胁欧洲，而且继欧洲之后还将威胁全世界。我们的国人还在相信张伯伦[2]"我们的时代"不会爆发战争的陈词滥调；他们认定希特勒在占领了捷克斯洛伐克之后就不会再有什么举动了。我认为到时候了，必须做最后一次努力，让公众认清事态的严重性。国人极端的漠不关心令我非常恼火，于是我就在10天之内写出了一本只有120页的小册子。书准备付印了，可我却失望透顶。因为没有

---

[1]　毕苏斯基（1867—1935），波兰革命家、政治家。第一次世界大战后任波兰总统，波兰复国运动的主要人物。

[2]　张伯伦（1869—1940），英国政治家，1937年至1940年任英国首相。他的名字成为第二次世界大战前夕对希特勒德国实行"绥靖"政策的同义词。

人对它感兴趣，没有人关注它。出版商之所以出版它，是因为我一再坚持，而不是因为他们看到了什么畅销的希望。

出版商的眼光照例是不会错的。《我们的奋斗》一书彻底失败，不过它在德国倒是销了不少，那里的人显然认识到了它的价值。究其原因，是阿道夫·希特勒在我去哥本哈根之前就想干掉我，现在又令我感到荣幸地通过了一条法律，禁止在德国境内销售我写的书。我的书在德国总是卖得不错。这样一来，我不仅失去了德国市场，在美国国内也得不到任何利益。在美国，人们不只是睡着了，还不允许别人在任何时候打扰他们做愉快的白日梦。

如今强敌已在国门前徘徊了，我想这可以给《我们的奋斗》注入新的活力了。可他们告诉我，公众还是那么漠不关心。此时棒球赛季正进入高潮，大家都想忘掉欧洲的局势。

看到局势每况愈下，失望之余，我把我的书给一家报业集团寄去了一本。我在给经理的信中写道："希特勒已在敲我们的大门，看在上帝的份儿上，做点什么吧！"可他在回信中说这会冒犯他们的德国读者，德国读者肯定反对别人这么指责他们敬爱的元首。那会使他们失去一些读者，所以他认为还是谨慎点为好，现在生意不好做，多赚一点是一点。

于是在那个可怕的日子——又闷又热的可怕一天——我一家接一家地去了好几家报业集团，怀着一线希望，希望能找到某个人知道我不是在胡言乱语，并认识到我们的国家正面临严重威胁，需要我们马上采取行动。

结果总是这样，我得到的回答是："大西洋是天然屏障，足以保护我们。"或者"希特勒在这里不可能有所作为。"要不然就是乏味的老生常谈，说公理终将战胜强权。

在火车里，伊丽莎白和格蕾丝都注意到我闷闷不乐，不想说话。我累得都不愿开口了，于是把比尔·威廉姆斯写给我的一封信拿出来给她们看。两星期前，比尔去墨西哥休息了一下。整个冬天他都在通过播音和写文章"警告美国"。但美国人不听他的警告，他白费力气，没有任何结果。到最后，医生告诉他赶紧到国外休息几个星期，否则就不再对他的健康负责了。比尔自然去了墨西哥，如今这是他唯一还想去的国家，在那里他还能找到一点刺激。比尔总是站在第一线，他对国际密谋暗战的喜欢程度，就跟我家在美国遭入侵前养的猫（取名"乔·斯大林"）喜欢奶油似的。

　　信是几天前收到的，发信地点是墨西哥尤卡坦[1]的梅里达。天知道他怎么去了那儿，我们还以为他会直接去墨西哥城报道即将开始的大选。我猜想很可能有人劝他不要去墨西哥首都，因为像他那样肥硕的身材实在不适合去海拔那么高的地方。

　　他到尤卡坦不久就被纳粹分子杀害了。那天他在旅馆

---

[1]　尤卡坦：墨西哥尤卡坦半岛北部一州，北临墨西哥湾，有玛雅文化古迹。

对着打字机工作，纳粹分子在窗外朝他开枪。没人知道是什么不寻常的命运把我们这位亲爱的好友带到了美洲大陆这个相当偏远的角落。我还保存着那封信，我现在要把它抄在这里，只删去一些比较激烈的咒骂——在比尔的私人信件中，每当他被人类的愚蠢激怒了或者发现自己的努力全都付诸东流，就会滔滔不绝地写下他的咒骂。以下都是他信里的原话：

　　亲爱的亨德里克，我以为我已经知道，当人类努力想干点什么时，他们的表现是多么傻里傻气，可最近10天所看到的一切，完全出乎我的预期。整个墨西哥就跟新泽西州似的。每个十字路口都有"本特"的营地，许多灰头土脸的年轻人手臂上缠着卐字标志，嘴里振振有词，诵读着出自希特勒《我的奋斗》拙劣的西班牙译本中的段落。有时他们营地竖的旗上不是卐字，而是锤子和镰刀，这时他们诵读的就是马列著作。周围总有一大帮人围着听，似乎很兴奋，其实这些可怜的印第安人一句都听不懂。

在一个营地里，聚集了大约3000当地人，照例有许多女人、孩子和狗也混在里面。他们正瞪大眼睛盯着一张大海报看，上面有当地画家迭戈·里维拉[1]画的画：旧世界的死亡之手噩梦一般沉重地压在活人的头上。天晓得，在这帮人中就没一个有头脑的。似乎还没有人意识到事情将一步步引向哪里。照例有警察站在旁边，但只是看着，不加干涉。照例有士兵站在旁边，同样只是看着，什么都不做。格兰德河[2]对面我们的同胞也是这副德行，只是旁观，不加干涉。说实在的，只有纳粹分子和布尔什维克在行动，其他人都无所事事；与此同时，华盛顿政府还在漫不经心地

---

[1] 迭戈·里维拉（1886—1957），墨西哥画家，思想激进，以创作史诗性的大型壁画闻名。

[2] 格兰德河：北美洲第五大河，美国得克萨斯州与墨西哥的界河。

商讨这个半球的防御计划和商贸协议。

而纳粹分子却是每天都要干上24小时。他们好像都不用睡觉。我就没见过他们吃东西。他们只是不停地谈啊谈啊谈啊，当地人只是坐着听，我想到最后其中一些人就相信听到的话了。

然而这只是事情的一个方面，而且还不是最重要的。进入墨西哥以后，最令我惊恐的是纳粹分子（不管是来自德国还是产自当地）急不可耐地要控制整个墨西哥。他们无处不在。在我们的边境城市拉雷多，海关官员告诉我，那些人就跟一群蝗虫似的，千方百计想溜过边境，一旦遭到拒绝，他们就愤愤不平，还趾高气扬地威胁，说不用过多久，他们就无须请求允许，想去哪儿就去哪儿，印着卐字标志的纸就可以对一切边界喊芝麻开门了。

有个海关关员对我说："哦，这事引不起我们多大兴趣。我们整天都接到各种各样的报告，有来自美国人、墨西哥人的，甚至有的报告还来自那边的印第安人。可这些杂种来美国都拿着外交护照，所有这些希特勒先生的朋友好像都做着同样的工作。差不多在每一本护照上，填写的职业都与科学有关。这些科学家中，有的要到怀俄明州研究羊虱，其他人要贯穿缅因州一路收集植物标本，尤其要沿着那里的海岸旅行；还有的是地质学家，特别重视底特律、克利夫兰这样的城市的岩层构成。他们随身携带照相机，都是精致、昂贵的照相机。就算穿的鞋满是破洞，他们带的照相机也值1000美元。

"我们尽可能拒绝他们入境，可他们不停地到来，每天晚上都至少有二三十个想要越过边境，为了追捕他们我们忙得不可开交。当然也许是我错了，可能他们确实是来收集植物标本的，但我们难免要产生怀疑。你能相信吗？其中的一些家伙居然有勇气直接向华盛顿提出诉求，现在连心软的政府要员也不再同情他们了，但在政府部门中总有一些宽宏大量的人士，欣然接受他们的诉求，不顾我们的决定硬要让这些教授进来'研究美国农民'。

"研究美国农民，简直令我不敢相信！他们都是组织者，甚至都不是间谍。间谍要做的工作早已做完了。他们是'组织者'，要鼓动国内那些社会渣滓去拥护希特勒。除非华盛顿当局赶快清醒过来，这些家伙马上就要干出一些事情，那会令我们久久难忘的。"

说完这些话，他就和我道别，并祝我好运。"你还是小心一点为好！"他在后面大声说，"他们不好惹，什么事情都干得出来。"

我问他为何这么担心我的安全。他答道："是这样，我碰巧想起两天前，有一个从墨西哥的蒙特雷[1]

---

[1] 蒙特雷：墨西哥新莱昂州首府，墨西哥第三大城市。

打来的电话，询问威廉姆斯先生是否已过境。出于谨慎，我们问了打电话人的身份。他说他是美国领事馆的人，他们那里有几份电报要送交威廉姆斯先生。这听起来很可疑，于是几分钟后，我们把电话打到蒙特雷的美国领事馆，回答是这一天都没有领事馆的人给拉雷多海关打电话。我们就调查了那个电话的来源，查出它是蒙特雷市德墨总会的秘书打的。"

其实即便没有他的警告，我现在也开始怀疑，自从到了墨西哥，我的一举一动都受到纳粹分子的监视。无论走到哪里，总有一个呆头呆脑的墨西哥警察跟踪我。可我对此无能为力，只好假装没看见，反正他也跟踪不了几天了。因为我希望一个星期内就回美国，除非他们先把我干掉，有时在夜里，我感觉在十字路口好像有什么不对劲的地方！当然找不到确切的证据，可是你知道这是一种什么感觉。大概有30年，你跟我做着同样的行当，尽管本能地知道那种感觉可能并不真实，可还是会在阴暗小巷独自走路时朝周围多看几眼。

至于我干吗要来这个鬼地方？我来这儿是听从了美国驻韦拉克鲁斯[1]领事的话。他对我说："你会在那儿看到一些有趣的事情。你可能已经注意到墨西哥似乎出现了学飞行的热潮。要是碰巧从尤卡坦过来，你一定会惊奇墨西哥人怎么突然热衷起飞行来。那里的天空中全是飞机。可是你见过哪架飞机的驾驶员是墨西哥人？24个人中有23个是德国'教练'，这么多教练就教剩下的一个墨西哥人学习如何驾驶飞机。当然用油漆刷在飞机上的名字和旗帜是墨西哥的，而这些飞机其实是德国人的。因为它们都是纳粹德国制造，这些产品出售给了墨西哥。你想问个究竟，他们就向你出示销售的单据，但没有任何证据表明墨西哥

---

[1] 韦拉克鲁斯：墨西哥韦拉克鲁斯州中东部城市，临墨西哥湾。

人为这些崭新发亮的梅塞施米特型军用飞机付过一分钱，再说那些商业公司要梅塞施米特型飞机有什么用？显然这整个就是一个骗局。但在墨西哥到处是这种危险的飞机，谁都不知道准确的数目。我听说有人估计其数目在1000到3000之间。我自己猜测至少有1500架。因为现在共有8000名德国游客正在参观玛雅遗址，还有那些德国植物学家正在研究坎佩切[1]的森林，我的数字是从这两个情况推测出来的。

"还有一个问题：他们是怎么来到这里的呢？答案很简单。一部分是乘日本轮船过来的，另一些人从南美洲还有美国过来。我们驻欧洲的领事馆就跟被催眠了似的。甚至直到现在，在听到无数的警告之后，他们好像还处于精神恍惚的状态。他们对来自东欧的犹太人显得有点过于谨慎了。但对其他人，不管什么

[1] 坎佩切：墨西哥东南部一州。州首府东部和南部雨量充沛、气温高，形成热带雨林区。

033

人他们都允许入境。什么理由都行。纳粹分子都把这事当笑话来谈。其中有几个还算有情趣的（这样的有是有，却少得可怜）甚至在俱乐部见到我时还这么取笑我。在这种时候我能做的就是哈哈大笑，把这当玩笑对待。随后我就坐下来又写了一封给华盛顿方面的抗议信，可华盛顿方面要么不给我答复，要么就叫我别大惊小怪，因为那些来美国的人完全无害。见他们的鬼吧！"

我这位领事朋友说的没错，在尤卡坦感觉就像进了疯人院。梅里达的德国总领事（我简直搞不明白为什么要往一个破败不堪的村庄派遣总领事！）的下属有168人。听清楚了吗？在一个只有一匹马的墨西哥小镇，却要有160多个领事馆成员！总领事租下了当地主要大街两边的房子，透过房子的每个窗口，从早到晚你都可以听见男女职员敲打打字机的声音。相信我，他们肯定不是在写什么科学报告！

旅馆里也住满了这些家伙。他们住在小镇的各个角落，可一到晚上，他们就匆匆赶往当地头面人物的家——一个脸色灰暗的混血儿，这个人很有钱，所以就以白种人自居了。他的钱是在英属洪都拉斯不正当的土地交易中赚得的。后来伯利兹城的英国人示意他最好搬走。他不加理会，于是英国人便威胁要逮捕他。他只好离开了，将他的钱财存放在纽约的信托公司，他自己来到拉雷多，娶了一个过气的条顿金发女歌星（她唱舒曼和沃尔夫创作的德国艺术歌曲，在尤卡坦这个地方，20年代的爵士音乐已经算是最新的了），还雇用了一位来自哈瓦那的建筑师，为他建造了一座奇形怪状的石头房子，他把它命名为"自由之宅"。如今在这座"自由之宅"中，他忙于将这个国家出卖给纳粹。他觉得自己能娶到一个白种女人是莫大的荣耀（因为他自己不那么有吸引力），所以对她总是百依百顺。据说她是戈林为数众多的情妇之一，而且是彻头彻尾的纳粹分子！现在她丈夫实际上已经搞定了当地政府。尤卡坦州长至少从他那里借了50万比索。墨西哥的官员们都曾从他那里得到过好处，因此他家的餐厅等于就是内阁的会议室，当地的纳粹分子在这里决定政府该如何运作。

他们针对美国究竟有什么打算，我现在还不知道，我希望在接下去的几天里能搞清楚。我怀疑在尤卡坦运河的某处，纳粹分子已建立了他们自己的飞行基地。别忘了这里是世界上一块非常偏僻的地方，而卡托切角对面的古巴人一直对我们怀恨在心，他们觉得美国对他们看重的富有魅力的西班牙文明的消亡负有责任。他们的可靠程度就跟墨索里尼差不多，一旦时机成熟，他们会在我们后背捅上一刀的。因此，德国人可以在尤卡坦无所顾忌地为所欲为。

我自己出去打听虚实，未免太惹人注目。我这圆滚滚的身材，人们见了一回就难以忘掉。我雇了一个聪明的当地男孩，叫他坐在城外的公园里，数一数一天从他头顶飞过的飞机数目。他给我的数目超过120架。当然，其中有些可能是重复的，但即便是这样，数目也相当可观了。

你一定还记得吧（两年前全国广播公司曾因你在广播节目中公开这么说而非常恼火[1]），乘飞机从尤卡坦或坦皮科[2]到新奥尔良[3]只需要三个半小时。到圣路易斯[4]是五个半小时，一旦情况紧急，尤卡坦所有的飞机当然要移到坦皮科去，坦皮科的飞行场地在最近半年扩大了3倍。如果那里的纳粹飞行员还不够用的话，很容易就能从巴西的帕拉派过来，巴西的立场你是知道的！这个令人崇敬的共和国有200万德

---

[1] 房龙曾在美国全国广播公司担任时事评论员。

[2] 坦皮科：墨西哥毛利帕斯州东南部城市和港口。

[3] 新奥尔良：美国路易斯安那州最大城市，全国第二大港（以对外贸易额计）。

[4] 圣路易斯：美国密苏里州中东部城市，也是全州最大城市。

国人。这200万德国人究竟是忠诚的爱国者还是叛国者,就看你怎么看待他们了。而委内瑞拉到坦皮科的飞行时间也不过10小时,那又是一个德国人集中的地方。现在佛得角群岛和亚速尔群岛实际上都在纳粹的控制之下,实际上整个大西洋都听他们的支配了。

我们在美洲仍然保持中立。我们中立得过头了,差不多都退步到要向人人赔笑脸了。我们的飞行员不得干预纳粹同行的事情,除非他们中的某一个不慎降落到大洋里。那种情况下我们就紧急派军舰赶往出事地点,把这些勇敢的小伙子救起来,送到最近的港口去。在那里他们可以向德国领事报告,德国领事随后就通知柏林我们军舰的所在位置。

所以你看,亲爱的亨德里克,危险局势已到一触即发的地步了。一方面,对手表现出超乎寻常的狡诈,制订周密的计划,毫无顾忌,一天24小时运转。而我们国内呢,脑子里充满幻想的政客,同样充满幻想的感伤主义者，幼稚可笑的国会男女议员操纵着白宫，对美国总统喝倒彩。你和我，还有比尔·怀特、鲍勃·舍伍德等几个人愁得脑袋都快炸了，换来的只是纳粹分子的讥笑声，因为他们知道他们占了上风，我们的公众大多对我们不加理会，根本不愿动动手指给我们一点帮助。

昨晚这里的美国副领事又警告我要小心。这些家伙什么事情都做得出来，他们可以为了50美分就杀了我。这价格可比在纽约要低多了，在纽约，有人已将杀我的价格提高了十倍。

无所谓了，他们也许会杀了我，所以我叫领事馆的一个职员把这封信送出去以防万一，他正要回得克萨斯州度假。请代我向你的家人致意。告诉爱丽丝，我将在大约10天内回去工作。那时我要告诉你的事情足以让你汗毛竖立！向吉米问好。

你们的朋友　比尔

这是我从可怜的比尔·威廉姆斯那里收到的最后一封信。纳粹分子确实杀了他，可即使到现在，我还是不知道这起谋杀的详情。他的尸体也一直没有找到，我们只是从当地警察局局长口中听到了一点情况。美国海军占领尤卡坦之后，这位警察局长极力想讨好我们。他这个人惯于说谎，最近三年一直拿着纳粹的钱。一个美国海军中士吓唬他，说要是不说出实情，就拧断他的脖子。他便赶紧招供，说这个美国绅士是被当地一个枪手杀害的。他连凶手获得的报酬都知道，也就两美元！

伊丽莎白看完了信，把信还给我。格蕾丝也想看一看，我劝她还是不看为好。这种信只会扰乱她的情绪，钢琴家最好离战争远点。不过没过几天，我就发现自己错了。

回家旅途的最后10分钟，我照例打了个盹儿。火车到达老格林威治时，她们叫醒了我，吉米到车站来接我们了。弗里茨和艾达[1]已经到哈得逊河沿岸的营地去度一年一次的假期了。吉米为我们开车。当车驶上桑德滩大道时，我们看见前面一辆车的后窗上贴着一条人标语，上面写着："别让美国卷入战争。"住在我们附近的大部分人仍然秉持着这种信念。他们寄希望于大西洋这道屏障和美国从来都有的好运，顽固地相信战争这样的祸事绝不会在这里发生。

不出几小时，他们就得到了答复。当然除了那些已经死去的人，对后者来说结果怎么样真的无所谓了。

---

[1] 弗里茨和艾达是房龙家的管家和女厨。

恐怖的红光

晚饭我们吃的是冷餐。弗里茨和艾达总是那么细心和尽职，早晨离开去度假之前，他们在冰箱里存放了沙拉和各种适合在夏天吃的食物。吉米还泡制了一壶她最拿手的冰茶。可我们都不怎么饿。邮件不多，其中有我的代理人的一封信，说三家杂志已拒绝刊载我的近作。编辑们似乎不那么理直气壮，除了打印的退稿单子，他们还都客气地加了一张手写的便条，意思是：刊载这样的文章会引起居住在我们国内的不同民族群体之间的误解；再说美国离欧洲事发地那么遥远，目前还不会有什么危险。

晚饭后，我们坐在门廊上，抽烟、聊天儿。那天晚上我沮丧的情绪非常严重，可以说是前所未有的。我的一切努力都是想唤醒美国民众，结果却白费时间和精力。有时我居然也有点相信愚蠢的谣传了。人们谣传希特勒制造了一种神秘的新毒气，它可以使人丧失意志力，使人脑瘫，失去行动能力。不管我们说什么，不管我们摆在邻居们面前的证据多么确凿，他们总是嘟哝什么民主制度或人权法案[1]，还有伏尔泰曾说过别人也有表达自己观点的权利（其实伏尔泰不是这个意思），接着他们要么又继续玩桥牌和棒球，要么讨论在秋季开学前要不要把自己孩子的门牙整好。

所以当吉米说匹克威克剧院上映新的迪士尼动画片，提议我同她们一起去看时，我的回答是："谢谢了，我不去！"我更想静静地待在这里，抽抽烟，什么都不干，我可不愿劳神戴上领带到格林威治镇上去。天气实在太热

---

[1] 人权法案：美国宪法的第一次10条修正案，规定美国人民的基本人权，政府不得侵犯。该法案于1791年12月15日正式成为宪法的一部分。

了，我感觉自己累极了。

出于习惯，我打开收音机，听8点的新闻。照例是华盛顿政坛的争吵，随便哪个国会议员都抢着要扮演"这个人使美国避免战争"的角色；还有消息说波士顿收到两次轮船的求救信号，求救信号出自百慕大附近；最高法院下午宣布已对新泽西状告苏尔茨一案作出判决（这个案子与"本特"组织的营地有关），并严正指出尤其在当前局势紧张的日子里，至关重要的任务就是要坚决保障个人言论自由的权利。

在这个案例中，被告海因里希·苏尔茨公然宣称美国对交战国的政策跟意大利别无二致，如果说意大利扮演了秃鹫的角色，那么美国也是如此！这话肯定已触犯了言行应适当的规定。

可按照美国法律，言行失当并不受惩罚，因此，苏尔茨先生和他的"本特"追随者们完全有权利评论美国政府的立场。再说，苏尔茨不是美国公民这个事实，在这个案子中并不能作为惩罚他的根据。因为美国法律在视言论自由为基本原则的同时，对本国公民和外国人一视同仁。

我收听的是哈特福德当地电台的新闻节目。节目最后提到，今晚伊丽莎白·格尔蕾·弗林[1]将在纽黑文[2]一次盛大的群众集会上发表演说。我的大儿子汉塞尔哼了一声。

"青年代表大会，"他说，"吉米一直认定我国的和平主义者和布尔什维克都是犹太人。她真该去新英格兰[3]那些大学转一转，会有更多了解的。那里的学生家世显赫，却满脑子变革的主张，凭这些主张他们可以顺利进入

---

[1] 伊丽莎白·格尔蕾·弗林（1890—1964），美国工人运动领袖、政治激进主义者。1926年至1930年任国际劳工保卫联盟主席。1961年被提名为美国共产党主席。她被控以"推翻政府罪"入狱3年。

[2] 纽黑文：美国康涅狄格州中南部港口城市。

[3] 新英格兰：美国东北部地区，范围包括缅因、新罕布什尔、佛蒙特、马萨诸塞、罗得岛和康涅狄格6州。1614年由英国船长J. 史密斯船长命名，后由英国清教徒开拓。

财政部任职。我们会在报纸上看到他们的照片，教授们也赞美他们，说他们是多么出色的人！我能理解犹太人的感受。他们身在这个时代太糟糕了，可其中的一些人都懒到不愿工作了。什么事他们都要按照自己的主张，从现在开始，他们最恨的一件事，就是不得不去靠工作谋生。"

吉米没有说话。我想她是有一点成见的。她在纽约格林威治村[1]住了很久，非常了解那些"口头革命派"，他们总是谈论世界美好的未来，到那时不用像现在这样要为食品和面包付钱。可怜的吉米啊！她跟不上如今社会运动发展的步伐。不过，她总是不出24小时就付清账单。激进分子憎恨她，可食品店和面包店的老板都觉得她好得不能再好。

---

[1]　格林威治村：美国纽约市下曼哈顿居民区。1910年后成为作家、艺术家、大学生、风流名士和骚人墨客汇集之地。吉米曾在那里的一家咖啡馆打工，并结识了经常光顾这家咖啡馆的房龙。

快8点的时候，吉米带那两个姑娘去看电影了。她们答应在途中把沃尔特·康姆佩尔捎上。这几天琳达带孩子们去长岛访友，所以沃尔特很多时间都在我们家度过。这天夜里他在自己家吃晚饭，很高兴去看电影，再说他能在夜间开车——这正是吉米不喜欢干的事。事实上，沃尔特擅长在黑暗中把车开得飞快，且不出差错。等到这个晚上他们必须紧急出逃的时候，沃尔特的本事算是救了吉米和另外两个姑娘！

在门廊上抽了几支烟之后，出于平时的习惯，我回到自己的写字台想做一点工作。几个月前，正当我要写完《约翰·塞巴斯蒂安·巴赫传》的时候，埃尔默·戴维斯打来电话，告诉我德国伞兵正在我的家乡——荷兰各地降落，他问我是否愿意尽快赶到纽约，协助哥伦比亚广播公司编译来自阿姆斯特丹和鹿特丹的战事新闻。从这一刻起，虽然巴赫这本书已写到巴赫临终之时，我却没有心思接着让他死去并安葬他。今天晚上我决意要写完这本书，因为格蕾丝早就做完了她那部分工作，要想让这本书在圣诞节前面世，现在就该准备将书付印了。于是我拿着斯皮塔[1]所著《巴赫传》第三册坐下来，打开书翻到最后一章，就在这时，我偶然抬头朝书房窗外看，竟看到托德角那边闪烁着怪异的红光。

这也算不得异常，因为托德角的另一边就是海湾，海水常常将来自纽约方向的各种光影玩出古怪的花样。但今晚闪烁的红光比通常的反射光更强，于是我叫汉塞尔过来，当时他正在另一个房间忙着看设计图[2]。我问他："你看到那红光了吗？"

"看到了，"他回答，"看上去很奇怪。也许在以前举办博览会的场地上有人在搞联欢会，放了一些焰火。"

我很清楚，只有朝托德角上的某棵树看过去，才能看

---

[1] 斯皮塔（1841—1894），德国19世纪音乐学研究的主要人物之一，第一个全面论述巴赫作品的作家，著有《约翰·塞巴斯蒂安·巴赫传》（2卷）。

[2] 房龙的大儿子汉塞尔是建筑师。

到从弗拉兴草场发出的光亮。今晚红光闪闪的天空往右偏了许多。

"也可能是舰队进港了，"汉塞尔想起了什么，说道，"他们要给河滨大道上的姑娘们来一点探照灯表演。"

我对探照灯也颇为了解。我们曾在卢卡斯角住了3年，对探照灯可以说是司空见惯，它们总是从以前托德夫人家房后一丛树木后面把光束投向空中。今晚的红光不可能是从舰队发出的。而且今早的报纸上有消息说舰队已出发驶往一个未知的目的地——可能是加勒比海或特立尼达。这则消息听起来有点可疑，因为特立尼达距委内瑞拉只有几英里远，过去几个星期从库拉索岛[1]传来各种有关第五纵队在那里活动的消息，当地航空公司的几个职员被荷兰当局逮捕。

因此，这片红光不可能是海军投射的，因为舰队如今

---

[1] 库拉索岛：加勒比海荷属安的列斯群岛的岛屿。

已在千里之外。于是我说："也许是切斯特港或新罗谢尔[1]的某个地方着了大火。"为了证实我的猜测，我把收音机调到WNYC（美国纽约公共广播电台），每当想听突发新闻的快报时，我总是听这个电台。令我非常诧异的是，这个纽约的电台竟然完全听不到动静。这太奇怪了，但这种事情也不是不可能发生。可能有个马达坏了，或者别的什么造成广播不得不停播几分钟。为了证实这个猜想，我调到了NBC（美国全国广播公司），接着又调到CBS（美国哥伦比亚广播公司）。

都没有一点声音！

我又调到纽瓦克[2]的电台——WOR。没有声音！

我试了WQXR调频广播。既没有西贝柳斯的音乐也没有演员昆西·豪的声音。

我拨动收音机的刻度盘时，本来有那么多电台的地方

---

[1]　新罗谢尔：美国纽约州东南部城市，位于纽约市东北，濒临长岛湾。

[2]　纽瓦克：美国新泽西州东北部城市和港口，邻近纽约市。

只传出刺刺啦啦的音乐声，我试了试那些有音乐的地方。从播放低品质的录制音乐这一点可以知道，那都是新英格兰当地的小电台。

我看了看书柜顶上的船用时钟。9点5分。得再等10分钟我才能确认那都是些什么电台。我想好了要继续写关于约翰·塞巴斯蒂安·巴赫的书，让这位音乐家能寿终正寝。

就在坐下的时候，我又往窗外看了一眼。这次纽约上空全是耀眼的红光了，好像整个城市都着了大火。我想我最好给小儿子威廉打电话。纽约发生了什么事一般他都会知道。我呼叫要打长途电话，可斯坦福的女接线员说她很抱歉，已经有20分钟了，打往纽约的电话都没法儿接通。我叫她接到当地电话局经理那里。这位经理表示非常抱歉，不过他也跟我、女接线员和其他人一样，对发生了什么事一无所知。大约9点差10分的时候，他们的线路突然断了。他们还没搞清楚造成这令人遗憾的故障的原因，他希望我能耐心一点。他们的电话还能通到新罗谢尔，新罗谢尔那边的人正在查找问题。但他们也没有找到原因。他们猜测可能是电话沿线的某个地方着了大火。

"着了大火！"我说，"真见鬼，伙计，你没抬头看看天空吗？红得就跟整个纽约都要被烧光似的！"

那经理说他还没顾上往窗外看，不过他会看的，有了消息会告诉我。

就这么定了。我想到了西联电报公司，也许能从那里得到什么消息。接电话的是电报局热心肠的克莉尔小姐。不错，是出问题了。她怀疑在纽约或纽约附近什么地方发生了什么严重的意外。9点还差几分钟的时候，纽约的电信线路突然陷入瘫痪，不管斯坦福怎么向纽约呼叫，那边就是没有回答。那些有直通纽约线路的大城市也跟斯坦福一样，不知道这是怎么回事。不过，纽约附近的站点都已派人前往纽约。用不了几分钟，一旦听到什么消息，忠诚可靠的克莉尔就会马上告诉我的。我向她道谢，又试了试能否打通给威廉的电话。女接线员用公事公办的语调对我说："先生，对不起，这条线路暂时不能接通。一旦接通了你要的号码，我会通知你的。"

这时，整个天空都一片鲜红了。我走进汉塞尔的房间，对他说："儿子，可能只是又一场火灾，但这让我害怕！我们把车开到波斯特路，就能知道到底发生了什么。我会给吉米写一个字条留在家里，她回来就知道我们去哪儿了。这也就半分钟的事，你正好把车开出来，我们就可以一起走了。"

"好的。"他说。

神秘的电话

就在这时电话铃响了。我拿起听筒。"喂。"我说。我听不出电话那头是谁的声音，就问他是谁。

那个陌生的声音答道："不用管我是谁，你肯定不认识我，可我知道你。我在波斯特路上开了一家餐馆。今年春天的一个晚上，你跟一个年轻人——我想是你儿子，来我的店吃过炒蛋。我的两个孩子也在场。妻子病了，我只好把他们带到店里。你跟他们说话，还花了半小时画画给他们看。想起来了吗？也许你早忘了，可我还记得。老兄，现在听着，仔细地听，因为我不能在电话里大声说。我得压低声音说话。

"大概10分钟前，有8个人乘两辆汽车来到这儿。他们点了很多菜，还有很多很多啤酒。他们来的时候显得特别兴奋。刚开始我没有注意到他们。接着他们就开始扔东西，我看到他们每个人的屁股后头都有东西，那可不是酒瓶。我打开一桶啤酒，叫他们自己倒酒喝。他们觉得这么喝棒极了，后来他们就一起干了一杯，说是敬你，还说你死到临头了。

　　"我当然知道你的名字。要忘掉你可不容易。曾有个警察来我这儿，说了你很多事情，还告诉我你的住址和联系方式。我还是少说废话吧。

　　"我不能在餐馆里打电话，前面提到的那几个家伙会起疑心的。所以我对他们说店里的熏肉香肠用完了，我得去路对面的肉店买一些。我现在就在肉店里。你好好听着。

　　"要是你知道好歹，就尽快离开你住的地方。今晚你要大祸临头了。我说不清到底是怎么回事，可今晚肯定有什么不好的事情要落在你头上，所以你最好趁着事情还没那么糟糕赶快逃走。我会尽可能在这里拖住这帮无赖。我会给他们灌足啤酒。可能你有半小时的时间，等你逃走了……他们好像在找我了。我必须回店里了。回头见，伙计，要是你知道好歹的话就赶紧逃命吧！"

我从来没接到过这么奇怪的电话。首先闪过的念头是有人在跟我开玩笑，可这不像一个玩笑。听起来事情很严重。我感到害怕。我又拿起电话打到了警察局，接电话的是值班的警官。我对他说了刚才那个电话的内容——我收到警告将有祸事临头，那人嘱咐我赶紧逃走，那么我该怎么办呢？要是我不离开家的话，他们能否隔一会儿就派一辆警车，过来看看我还活着吗？

那警官说："我们知道肯定什么地方出了问题。10分钟前上面命令全体警员乘车到州界那边待命。"

这个消息并未使我安心。于是我说："那么，我又该怎么办呢？如果那个打电话的人没弄错的话，这就跟纳粹有关系了，几个'本特'成员情绪激昂地想为希特勒做点事。我在这个地方，没有自我防卫的能力。几个月前我向你们申请持有一支手枪，可你们说我有枪只会打伤我自己。要是这几个人跑来杀我呢？他们可不在乎是否有持枪许可。我要是操起拨火棍抵抗的话，他们会用枪把我打成筛子的。那么我怎么办才好呢？"

"先生，"那警官说，"说句老实话，我也不知道这到底是怎么一回事，不过我要是你的话，会出去躲避几小时。到斯坦福的罗格史密斯酒吧之类的地方去喝两杯，让我们把事情弄清楚。等我们把事态控制住了——不管是什么样的事情，你就可以回家了。很像是几个狂热的纳粹分子想在城里放几枪撒撒野，我们很快就能逮住他们的。所以你听从我的劝告的话，就锁好大门，开车出去兜兜风。那样你就安全了，不会有什么事的，我们以后也不会被怪罪。"

我对警官的忠告表示感谢，他的话似乎有点道理，不过我加了一句："你知道的，这可算不上什么英雄行为！"

他最后说："先生，你要装英雄最好改日吧，等这么做对你有好处的时候。今晚到底发生了什么还不清楚，还是趁早离开这里吧。"

我扭头问汉塞尔："你听见他的话了？"

"都听见了。"他答道。

"你觉得我们最好离开吗？"

"毫无疑问！"

"好吧，可吉米怎么办？但愿上帝能让我知道在哪里找到她！"

我的祈祷竟马上应验了。就在此时，吉米从外面走了进来，跟她一起去的人跟在后面。

"今天没放迪士尼动画片，"她说，"放的电影让人倒胃口。"

"臭到家了！"伊丽莎白也说。想想她平时可是够淑女的。

沃尔特看到楼下沙发上扔了一堆吉米和我的衣服，问道："怎么啦？要出门吗？"

我对他说："是的，我们所有人都要暂时离开这儿，而且马上就走！没时间细说了。你们没看看天空吗？"

他们都说没有看。他们一路只是在谈电影，搞不懂如此拙劣的电影为什么会被拍出来。

我朝窗口一指："那你们看吧。"

他们把目光投向窗口。

"我的老天爷！"伊丽莎白大声说，"纽约一定着火了。"

格蕾丝低声说："我得给妈妈打电话，她一定为我担心死了。"

"没用的，"我对她说，"电话都打不了了。拍电报也不行，连广播都中断了。所以，你们只有照我说的做了。什么地方出事了，而且非常严重。吉米，你带着两个姑娘在前面走。赶快离开这儿。别忘了带上小狗努德尔和我最好的一把提琴。那琴可以帮我们对付几天，不至于穷困潦倒。沿着海边的路开，不要停下来加油，等出了斯坦福你们再加油。把车一直开到佛蒙特[1]，去找珍妮特，她会找地方安置你们的。我们也会尽快赶到那里，但不要等我们。我知道你讨厌夜里开车，可这次实在是没办法。看在上帝的份儿上赶快走吧，我明天早上在多塞特跟你们会合。再见吧，夜里开车小心，千万别不长眼睛撞断了脖子！"

此时，沃尔特打断了我。"她没必要去冒这个险，"他说，"今晚我待在家里也没啥事儿——家里就我一个人。我们可以在我家门口停一下，带上我的狗塔特斯。这样我就能为她们开车了。"

"太好了！"我们一起喊道。我们都知道吉米在黑夜里视觉失灵，就跟猫头鹰在白天似的。然后我们就把三个

[1] 佛蒙特：美国东北部新英格兰地区一州。房龙的大儿子汉塞尔平时住在佛蒙特州，珍妮特是汉塞尔的妻子。

女人送上了车，留神努德尔的尾巴别让车门夹到了，看着她们的车开走了。沃尔特把车开得飞快，拐出我家车道时只用了一个半车轮，而通常是要用两个的。

"那么现在，"我对汉塞尔说，"我们也离开这里吧。你有钱吗？"

"有两美元。"

"上午我从银行取了50美元。这么说至少我们有足够的钱买汽油。你锁上房门了吗？"

"锁上了。"

"那我们走吧！像这么仓皇逃跑真该死！"

"爸，别犯傻了，"我儿子说，"你看看这天空啊！"

这是我见过的最恐怖的情景。这时连托特角的树顶也是一片鲜红，在纽约那边，一股浓浓的黑烟正缓慢升向天空。

"我们该告诉卢卡斯他们一声。"我说这话的时候，汉塞尔发动了那辆旧卡车。

"我想不用！如果这些家伙真是纳粹分子，他们不会跟卢卡斯家的人过不去的。埃德温又没写揭露希特勒的书。他们要找的是你。喂，伙计，快点走吧！"这老爷车就像是听懂了他的话，引擎发出噼啪一声巨响，我们开动了。

　　我一生都忙忙叨叨，经历过许多相当奇特的事情，像火灾、洪水、海难，还有战争。可这一次却让我感觉特别荒唐，因为当我们掉转方向背对着纽约红彤彤的上空时，完全感觉不到有什么异常的地方。邻居家的狗彼得正带着小狗夜里出来散步。跟别的夜晚没有任何不同，卢卡斯家的乔基低沉吼叫，用爪子刨着地面，时刻准备守卫主人的领地，不受外人侵犯。在道路的另一边，我们能看到牡蛎湾的灯火依旧像往常那样闪烁。海峡里的船只也像往常那样驶来驶去。潮水已经退去，星星在天空中显现，一派平和宁静的景象。可是我和汉塞尔却坐着一辆老福特卡车，以每小时50英里的速度往外开，就因为一个在波斯特路边开小饭馆的人叫我们赶快离开。我转过脸对汉塞尔说：

"儿子，看在上帝的份儿上，我们该让自己清醒一点，还是回家去吧。我们昏头了，整件事情都不是真的！"

汉塞尔匆匆朝后面看了一眼，车也因此有点偏了方向，不过他是开车的老手，所以这不会有什么问题。接着他对我说："看看后面的天空，你就该明白我们最好加速行驶。"

逃过一劫

　　我们快要驶到道路的转弯处了，从那里就要离开海岸了。就在此时，我们看见一辆车以每小时60英里左右的速度从后面追了上来！

　　"这帮狗杂种！"我儿子大声说。他在佛蒙特住了好多年，不太懂优雅的言谈举止。他本能地让卡车加速行驶，同时我们后面那辆车一个急刹车，尖厉的钢铁摩擦声震耳欲聋。接着就听见"砰"的一声，随着短促的破裂声，一颗子弹从我们两人脑袋之间穿过，击碎了卡车前面的玻璃。

　　"枪法太臭！"汉塞尔说，"小心，可能不止这些人！"

这时我们快到环形交叉路口了，那里有不少黑人佣工，他们每星期四都能休息半天，此时正在等从斯坦福开来的公共汽车。

汉塞尔又说对了。另一辆满载的车以同样快的速度从村里开出来，比我们抢先几秒钟开到了环形交叉路口。那辆车的司机看见我们的车到了，显然是想立即把车刹住。可他把车刹得太突然，也太笨拙，车上的人都从座位上蹦起来，我们看见他们撞了头，简直都能听见他们的咒骂了。

不过，其中有一个人迅速稳住了神儿。他跳下了车。这是一辆防暴车，警察用这种车平息骚乱，鬼知道他们是从哪里搞到的。他走到路中央，端起枪对准了我们。

接下来的几秒钟究竟发生了什么，我实在搞不明白。我们事后所能重构的当时的情形，也只是大概的样子，反正一切都是在刹那间发生的，也可能我搞错了。我所能记得的，是那个人跳下车时，那辆车并没有停下来。车的速度使他一时失去了平衡，再加上他想用那支沉甸甸的枪（是那种我在电影里见过的冲锋枪）对准我们，就更加力不从心了。

　　因此当他开始射击时，他把子弹都射到了我们右边的路面上，没有打中我们。我能想起来的（我得重复一遍，所有这一切都发生在刹那间），就是我儿子把老福特车用作破城的机械。他学字母拼写的时候就已学会了开车，顺便提一下，他拼写可是一直不熟练。他开车撞向那个端着冲锋枪的家伙。他本想撞那家伙的肚子，却只撞到了他的腰。这一撞，那个纳粹分子就摔倒在了他们那辆仍然保持每小时5或6英里速度的车子前面。司机怕碾死他的同伴，便猛地把车往右转。这样一来，车就撞上了卧在路边的一块沉重的巨石。当然车开得并不快，却已足以使它的前轮受到巨石的猛击。那辆车反弹到了路对面，并在那里刹住了。显然那车前轮的轴折断了，因为我们回头看到它活像一头跪倒的大象，正等着别人将重物载到它背上。

正是这绝对意外的事故救了我们的命。因为当时他们的第一辆车已掉转车头，开足马力朝我们追了过来。但它的速度实在太快了，直接就撞上了"那头跪倒的大象"。两辆车发生了猛烈碰撞。不过似乎没有人受重伤，因为我们转弯时看到那些人纷纷从车里跳出来，躺倒在路面上。与此同时，左边传来了警笛声，一辆警车也在全速驶来。我记得随后又听到了冲锋枪的扫射声，但那时我们已经远离交战地点，没机会看到那边的战况了。

几个星期后我才听说了事情的经过。老格林威治的警察接到无线电报告，前往卢卡斯角去调查一起"扰乱家庭安宁"的举报（警察局就是这么记录我跟警官的电话交谈的），不料竟遭到第五纵队歹徒的扫射。警车里的两名警察当场身亡，但警车在失控的情况下冲向了那两辆车（其中一辆已损坏，另一辆还完好），这次冲撞的破坏力如此之大，使得三辆车都成了一堆废铁。

于是那帮纳粹分子（事后的调查显示，他们是纽约

"本特"组织的成员）只得步行返回老格林威治。但枪声和呼叫声引起了滨海大道两边居民的注意。他们当时纷纷给警察局打电话。斯坦福的纳粹分子在准备时疏忽了这一点，他们忘记切断老格林威治的电话联系了，所以警察局才有可能及时接到报告。

　　碰巧那时有一辆满载州警察局警员的卡车就在附近。这辆车从斯坦福出发，此时已驶过了格林威治。他们奉命尽快掉头回去，看看那里出了什么事。当他们到达那个环形交叉路口时，发现有三辆撞坏的车，两具格林威治警察的尸体被子弹打成了筛子。那帮歹徒已无影无踪，但居住在附近的人说他们看见那帮家伙穿过左边的田野逃走了，可能他们想去老格林威治火车站或波斯特路。

　　州警察局的警员看到同伴惨死的景象，简直要气疯了，立刻对逃犯展开了追捕。不久他们就发现了逃犯的行踪。波斯特路小餐馆那人没有说错，他给那帮人灌了一肚子啤酒，到那时他们走路还不太稳当呢。由于他们对当地的路不熟，很快就迷失了方向。当他们发现有人追来时，就闯进了滨海大道边的一座小木屋。小木屋里住着退休的老农场主和他的妻子。闯入者把他们赶出门去，准备抵挡警察的围攻。他们显然在这方面训练有素，不仅坚守了数小时，还重伤了两名州警察。警察们可不想把事情拖到明天。一个警察在树木的掩护下，带着一罐汽油悄悄来到木屋的门廊上，在那里点着了火。那座小木屋就像一盒火柴那样熊熊燃烧起来。到最后，屋内的纳粹分子想冲出来。但州警察可不是吃素的，他们早就做好了准备，将这帮歹徒一个不留地全部击毙。

警察在他们的口袋里找到了很多纸质文件，其中有德文的小册子。这些小册子教他们抢劫的技巧和固守民宅的最佳方法，内容抄自德国官方印制的伞兵手册。还有一些宣传品，内容是关于优等统治民族的责任，他们注定要对他们的同类发号施令，还有其他人们所熟知的对作为德国纳粹党骨干的送货员、杂货店伙计和理发店助手的种种呼吁。最有趣的是一封纽约德国领事写给乔治·斯托尔克的信。乔治·斯托尔克好像是这个暗杀组织的负责人。在这封信中，德国领事告知斯托尔克先生，评论当地的政治事务原本是有违他的职务规则的，不过要是他想知道某个H.房龙博士在文学圈子里的活动，德国大使馆的新闻出版组组长肯定能为他提供一切必要的情报。

由大使馆新闻出版组提供的报告也在已故斯托尔克先生的上衣口袋里找到了。该报告对我的文学才华大加赞扬，但它又从纳粹意识形态的立场强调，我这样的人不应该再被允许在纸上写一个字。接着它指责我对美国年轻一代的"潜在的极坏的影响"，说我写的东西读起来如同密歇根的加尔文教士[1]写的辱骂性的社论；而那些加尔文教士热情赞扬了我的一本新书的问世。

---

[1]　加尔文教派是16世纪西欧宗教改革的新教派别之一，是从法国神学家加尔文的学说发展而来的，主要传布于瑞士、法国、荷兰、英国和北美等地。房龙一向对加尔文教士敬而远之。

据说苦难能使不相干的人变成患难之交，失去理性的世界给你带来的盟友则更加出乎意料。至少经验告诉我，人们狂热崇拜的对象名叫希特勒还是名叫耶和华，并没有什么明显的区别。

等到老格林威治被远远抛在了身后，一切又变得平静和安宁。回头看去，我们还能瞧见纽约那血红色的天空，但路上没有一点异样。树蛙扯开大嗓门儿吵架似的不停地叫，仿佛什么事都没发生过。萤火虫互相传递闪闪发光的爱和情的信息，简直让人难以相信仅仅几分钟前我们遭遇的险境。如果不是那两辆车意外相撞，我们恐怕就要死于非命了。

微弱的电波

"那么，"汉塞尔问我的时候仍保持着每小时50英里的车速，"现在去哪儿呢？"

我完全没了主意。"我们可以回家，"我一边考虑一边说，"可那样未免太傻了。也许有别的人在那里等着我们。还是去斯坦福吧，问问《倡议报》编辑部的人有什么消息。"

当然这完全是一个老新闻记者的本能反应[1]。干我们这行当的人，每到陌生的城市，总会走到当地的报社去，

----

[1]　房龙年轻时当过美联社驻欧洲记者，后来还当过一家报纸的副主编。

闻着印报纸的油墨味度过一天。除非报社的人忙于在最后期限之前赶写报道，否则他们总会以绅士和亲兄弟的态度，热情对待远道而来的同行。

"《倡议报》，"我儿子问，"这不是一家晚报吗？"

"没错，他们一定知道发生了什么事，可能正忙着出号外呢。"

街道上几乎看不到人，因为大家都到海边去避暑了。我们经过了火车站，又经过了邮局。我们到了《倡议报》报社，爬上楼梯来到本地新闻编辑室，看到屋里聚了十来个人，其中有本地新闻编辑、两个撰稿人和六七个记者。

"你好啊，"本地新闻编辑说，"老格林威治的胖荷兰人来了，也许他知道一点什么。"

我说没错，我知道的情况太多了。

"是什么情况？"那编辑问。

"给我一台打字机，我为你写下来。"

"你自己写呢，还是你口授让别人来写？"

"我自己写吧。一会儿就写完了。"

我刚好用了10分钟。写完后便回到了桌前。

"告诉我你写了些什么？"本地新闻编辑问我。

我把我写的东西念了一遍。

"一个很棒的故事，"我大声说，"即使是由我自己来写。可我就是不明白这到底是怎么回事。现在该由你来告诉我到底发生了什么。纽约上空的红光是怎么回事？这是什么意思？"

"码头着火了。"

"哪个码头？"

"河两岸的码头都烧起来了。"

"你从哪儿得到的消息？"

"这是电报机传来的最后的消息。之后就再没传来一个字。所以我们想修好这个机器。迈克是这方面的行家，他什么都能鼓捣好。迈克，还没收到什么吗？"

迈克摇摇头。"还没有，不过随时会来的。你们都安静一点行不行？传来的电波非常微弱。"说完，他立即就戴上耳机，又去拨动刻度盘。

突然他举起手警告大家。"现在听到电波了，"他小声说，"我简直都听不明白。看在上帝的份儿上，你们能不能闭上嘴？你们中谁来把它记下来。我听到了就念出来，你们记录。"

编辑室的一个人从抽屉里取出一张纸，说道："好的，但不要念得太快。我的速记很差劲，不过只要你别太快，我想我能应付。好了，你开始念吧！"

我们都围着听。我们听到的故事简直令人难以相信，但它不是什么人捏造的，这个故事是真的。

身在纽约附近的一个有胆量的美联社记者，意识到纽约已与外部世界隔绝、平常使用的通讯手段都失灵了，便将他能搞到的零碎消息收集起来，编缀成一篇多少能反映真相的东西，然后就去寻找拥有小发报站的某个无线电爱好者。就这样，他这篇一生难逢的独家新闻就被发到了空中，希望别的地方的美联社记者站能碰巧收听到。现在这篇东西被我们收听到了！开头几个句子的电波实在太弱，我们连发稿日期都没有听到。几个月之前，政府当局终于察觉到第五纵队的存在，便宣布那些私人小发报站为非法，所以这个聪明家伙到底是谁始终没有弄清楚。不过就在事后不久，纽约外的美联社记者站有人突然获得了晋升，这让我确信自己的猜测没有错。但这是他们的秘密，我没有义务去揭开它。至少不该把它公之于众。

正如我前面说过的，这篇新闻没有发稿日期。它的开头描述了据说发生在新奥尔良和加尔维斯顿[1]的事件。在这两个地方都有大批轮船正在装载汽油和军用物资，准备开到英国去。突然间，事先没有任何警告，有大约60架飞机出现在了港口的上空。人们在新奥尔良数到了20架，

---

[1] 加尔维斯顿：美国得克萨斯州东南部城市。在加尔维斯顿岛东北端，为墨西哥湾沿岸航道的主要深水港。

而在加尔维斯顿则超过40架。它们来自南边，是从尤卡坦方向飞来的，机身上并没有明显的标志。几个稍稍有飞机知识的人，声称他们认出那些飞机的机型跟墨西哥商业航空公司使用的飞机相同，可是因为那些飞机一架也没被击落，所以这只能算是业余爱好者的猜测罢了。

在新奥尔良，那些飞机大约投下了60颗炸弹，而在加尔维斯顿，投下的炸弹数量要大得多。至于轰炸造成的损失，各种报告差异甚大，但必须提到的是在新奥尔良有5艘船被当场炸沉，10多艘船遭受重创。在加尔维斯顿，所有的船几乎无一幸免。由于美国根本就没有提防这样的突然袭击，这两个地方都没有防空的高射炮，附近训练营中的军官们也不知如何是好。

军方例行的官样文章还是要做的。他们给华盛顿打电话报告情况，华盛顿则要求他们提供"补充情报"。"补充情报"递上去以后，华盛顿下令派几架侦察机过去以"报告当前情况"。当侦察机飞临现场时，敌机当然早就无影无踪了。这次它们是向南飞去了。

随后有几架高速飞机奉命跟踪敌机，可它们什么都没找到，再说它们也不敢飞越尤卡坦海峡，担心那样会违犯中立法规，惹恼了过于敏感的墨西哥官员。

死亡人数在这篇新闻发稿时还没有查明，但相信是一个相当大的数目。有个船运官员宣称，仅在加尔维斯顿就有超过200名的水手和装卸工被炸死。还有人说死亡人数接近300人。在新奥尔良，有大约60名水手被炸死或溺亡，平民死亡人数非常大，因为有两颗炸弹落在了公共市场。天主教堂也受损严重，有一颗流弹击中了教堂，一座尖塔被炸塌。

还有一则未经证实的消息，据说有一艘美国海岸警卫队的舰艇曾用机关枪向入侵的飞机开火，结果该舰艇被炸沉，恐怕船上的人已全部丧生。有人看见炸弹击中了舰艇的动力舱，没几分钟舰艇就沉没了。据两个当时在附近捕鱼的黑人的说法，有一架敌机俯冲下来，用机关枪朝在沉船周围漂浮的幸存者扫射，直到把他们全都打死。那两个黑人躲进河岸边的芦苇丛，才算保住了性命。

事实上，只有他们两个目击了海岸警卫队舰艇被击沉的惨祸；河岸上的人当时都处于极度恐慌状态，所以到现在还没得到任何与之相关的报告。新奥尔良和加尔维斯顿两地的救护车全都出动了，各家医院挤满了伤员，其中大多数人是在炸弹击中轮船货舱时，被爆炸的汽油灼伤的。

美国政府下令立即调查这起对中立友邦发动不可饶恕攻击的事件。得克萨斯州州长悬赏25000美元来征求对这些可怕袭击确切来历的报告。路易斯安那州州长预计也会采取相同的做法。与此同时，两位州长已召集几个营的国民卫队，以防止暴行的继续蔓延。

目前这些国民卫队已被派去保护墨西哥和德国的领事馆，因为公众显然很清楚究竟谁该为这起大屠杀负责。还有一些关于成立治安维持会的传闻，据说在某个城市，一群颇有身份的公民自行其是，抓住一个声名狼藉的德国领事馆成员，在他屁股上刷上一个鲜红的卐，并拖着他游街。后来有一队民兵赶来干预，出于对那个德国人的安全考虑，他们把他带到了市立监狱。

南部值得关注的消息就这些。

来自中西部的消息似乎更加严重。下午5点，正是工厂下班的时候，有20架飞机飞得很高，在异常闷热的傍晚漫天烟雾的掩护下，地面上的人简直都无法看清它们。这些飞机飞到底特律上空，朝被认为是为军用飞机制造引擎的工厂投下了60多颗炸弹。敌人一定很熟悉这一区域的地形，因为除了六七颗炸弹之外，其余的全都命中那些工厂或在附近爆炸。那六七颗投偏的炸弹则在下班的工人中爆炸，他们被眼前的情景吓得目瞪口呆，竟忘了要逃生。由于整个城市连一个防空洞都没有，即便他们当时想逃生，也没有地方可去。

那20架飞机再度飞越底特律上空，然后就消失在烟雾之中了。不过从多伦多发来的电讯显示，该城附近训练营里的几架加拿大军用飞机，接到温莎[1]当局发出的警告后，升空去搜索这队入侵的敌机。它们在马斯科卡地区与敌机相遇，并发起了攻击。尽管加拿大人取胜的概率极小，这些飞行员大多是仅训练了几个月的年轻人。有三架加拿大飞机在格雷文赫斯特被击落，但它们也击伤了一架外国飞机，这架敌机拼命挣扎，最后还是坠毁在离哈里伯顿不远的田野中。飞机上的人跳伞逃命，并在森林中不见了踪影，但飞机的残骸已被找到，并确认是一架德国飞机。其机型表明它是从一艘德国航空母舰上飞来的。

飞机的轰鸣声引起了萨德伯里、寇柏特和科克伦居民的注意，他们认定德国的航空母舰已设法进入了詹姆斯湾[2]，在穆斯河[3]河口附近的某处抛锚停泊了。当天天色已晚，不便再派加拿大飞机去搜寻了，但明天一早将有多

---

[1] 温莎：加拿大新斯科舍省城镇。

[2] 詹姆斯湾：加拿大魁北克省与安大略省北部之间的浅海湾。

[3] 穆斯河：加拿大安大略省河流。

架加拿大飞机对整个詹姆斯湾区域进行彻底搜索。

在过去的3年中，人们经常讨论德国航空母舰偷偷穿越哈得逊海峡和费希尔海峡进入哈得逊湾的可能性，有人甚至提出要在基德雷角设立瞭望哨，装备一个无线电站。尽管加拿大空军司令警告说这样的袭击相对容易，但这个看法遭到各大报纸的冷嘲热讽，最终毫无作为。这些德国飞机不仅能深入底特律，其中的六七架甚至飞到了扬斯敦和阿克伦[1]。它们投下了装载的炸弹，却仅在扬斯敦造成了较为严重的损害。有一颗炸弹偏离了工厂区，击中了一家电影院。由于时间尚早，伤亡相对较小。电影院屋顶塌下来时，当场死亡的有63人，从瓦砾中救出了数百人，他们都有不同程度的伤情。

布法罗没有遭受袭击，克利夫兰也逃过了一劫。但底特律的损失却相当惨重，直接延缓了美国军用飞机的制

---

[1] 扬斯敦和阿克伦都是美国俄亥俄州东北部城市，是美国重要的工业城市。

造，需要很长的时间才能恢复。

　　以上是西部和南部的消息。

　　在东部，纽约是这次袭击的中心区域。一个显然是从新斯科舍[1]某处发出的短波电讯，被波士顿一位无线电爱好者截获了。它提到了一个传言，这个传言是从塞布尔角一个私人短波电台播出来的（这些被禁的小电台依然存在，而且日夜都活动着），说据来自克拉克港的渔民带回的消息，他们曾看到六艘貌似外国的战舰朝西尔岛方向驶去。可因为当时各种谣言风起，有在电波里传播的，也有在街巷中扩散的，人们对来自新斯科舍的这个奇谈都不加注意。再说，美联社的记者们正忙于想搞清纽约究竟发生了什么，实在不愿为这种空穴来风的消息浪费时间和精力。

_____

[1]　新斯科舍：加拿大东部滨海四省之一，由新斯科舍半岛、布雷顿角岛及
　　附近几个小岛组成。

至于纽约，这一天过得跟天气糟糕的夏秋季其他日子没有多大不同，只是因为闷热得难受，使得人们早就离开城市去海边了。傍晚五六点时，当地铁线路的电力突然中断、所有列车都漆黑一片时，人们陷入了慌乱之中。在哈得逊隧道里，突然降临的黑暗造成的恐慌几乎到了无法控制的地步。幸亏一个警卫反应敏捷，才避免了一场惨祸。他打开了所有车门，从而使全体乘客都安了心，他们有理由相信一旦隧道里发生意外，他们能及时逃生。

40多分钟之后，电力又突然恢复了，跟它的中断同样的神秘。向电车公司询问，得到的回答是主要的发电机组中有一台机器出了点小问题。人们进而询问问题的性质以及公司是否怀疑这是人为破坏，这些询问没有得到公司方面的直接回答，不过公司暗示人为破坏可能是事故的原因。他们预计在24小时内能获知详情，因为联邦调查局已负责调查此事，现在正仔细调查所有获准接触主发电机组的工作人员的来历。

此后没过多久，许多电梯的电力也像地铁里那样神秘地中断了。好在此时大多数办公室人员都离开了大楼，电梯最拥挤的时段已经过去。不然的话将会造成极大的麻烦。部分电梯在半空中悬了半小时之久。那些因被困在异常闷热的电梯中而晕过去的乘客，救护车把他们都接走了。作为优秀的纽约市民，大多数受害者都将这些麻烦视为在这全世界最大和最拥挤的城市生活不可避免要遇到的情况，所以也就没有什么怨言。

于是这个大都市安下心来准备度过又一个炎热、沉闷和无法入睡的夜晚。可就在此时，意外事件又接二连三地发生了。它们是按步骤有条不紊地进行的，似乎是一个精心策划的大阴谋的组成部分，尽管究竟责任人是谁至今还无法确定。

在纽约，人们把一切都怪罪到第五纵队身上。可是在一个训练有素的记者看来，这样的答案似乎过于轻率了。由于电报网络已被切断，只能靠电话交谈的只言片语拼凑新闻。很快电话也打不通了，电话总局被一伙身份不明的闯入者占领了。这个美联社记者警告说，也许不用过多久，他现在告诉我们的消息会被证明有一半不属实。以下是此时可靠的消息：在曼哈顿、布鲁克林和霍伯肯[1]，大多数码头都火光冲天；大的储油站只有少量幸免于难。

事情干得如此彻底，表明这是由一伙连环纵火专家干的。回头想想，几天前忽然有五六艘飘扬着瑞典、葡萄牙和希腊旗帜的船开进纽约港。《纽约先驱论坛报》的一位专写第五纵队活动的记者，无意中注意到了这些船。这让他想起了在挪威和荷兰发生的事情，当时也有一些货船挂着中立国的旗帜陆续出现在奥斯陆和鹿特丹的港口并停留在那里，它们很不显眼，时机一到就把藏在船内的德国士兵放了出来。这些船当然是德国船，挂着他们无权使用的

---

[1] 霍伯肯：美国新泽西州东北部城市，濒临哈得逊河。

旗帜。这个记者就在港区开始了查问。可他查访了半天，只知道这些船是真正的商船，它们到这里是要把美国的谷物运回葡萄牙、瑞典和希腊。众所周知，这些国家正遭受严重的粮食短缺，这种解释听起来合情合理。经过港口当局草草了事地检查，这些船只获准停靠码头，正像前面已经提到的，它们停靠的三个地点分别位于曼哈顿、布鲁克林和霍伯肯。

显而易见，《纽约先驱论坛报》记者的猜想一点没错，就在当天晚上8点左右，就在纽约市大多数电力供应突然中断之后不久，就在纽约市民开始为无线电广播的一片静默感到不安时，在哈得逊河沿岸发生了多起暴力事件，但还不清楚相关的细节。

据美联社所了解到的，第一次袭击发生在曼哈顿这边的河岸。突然有几百名身穿像是纳粹党制服的士兵（由于纽约人都不曾见过这种制服，这些报告难免含糊且矛盾），从西40街附近的一个码头拥出来。守护这些码头的只有几个睡眼惺忪的警卫，他们当场被杀，尸体被扔进了河里。这些纳粹分子随后就冲进了街道，找到停在那里的许多辆空卡车。这些卡车早就等在附近的小路上，到了这指定的时刻便聚集过来。德国人把机枪架在卡车上，驾驶着车往南疾驰，显然他们要去占领中央大街240号的警察总局和位于西街的纽约电话公司。在前往市中心的路上，他们用机枪朝沿途的各个消防站扫射，打死了不少坐在消防站门外的消防员。接着他们故伎重演，在高速穿越一些非常密集的居民区时，用机枪对着人群扫射。此时有数以千计的孩子在街上玩耍，大人们也都在家门口想呼吸一下新鲜空气。

他们这样不分青红皂白地杀人，可能在居民中造成了极大的恐慌情绪。假如这就是纳粹分子的目的，那他们是如愿以偿了，因为据说在整个东区，人们什么都不顾了，把什么都抛下了，只想能从城里逃出去。这些人害怕极了，拦截并占据了他们能找到的每一辆出租车和送货车。

他们要么许诺出高价，要么以暴力相威胁，要司机让尽可能多的男女老幼上车，把每辆车都塞得满满的，然后强迫司机往东行驶，为了能逃出城去，在纽约州和康涅狄格州开阔的乡村找个安全去处。

他们都想途经荷兰隧道和林肯隧道逃出去，这种努力被证明是难以奏效的。8点刚过，几辆侧翻的卡车已将隧道完全堵塞了。这几辆卡车看上去跟别的商用车辆没什么区别，它们进入隧道时没有引起特别的注意。可进入隧道没走多远，这几辆卡车的司机就突然把车横了过来，这时逃难者的汽车就跟大坝决堤似的拥入隧道，撞在了横过来的卡车上，双方都撞翻了，顿时隧道内充满了纠缠在一起的钢铁，到处散落着碎玻璃，汽油燃烧起来，一切都被浓烟吞噬了。

没等两条隧道入口处接到停止交通运行的通知，已有数百辆车发疯似的冲下斜坡挤进了隧道。据几个死里逃生、从隧道里爬出来的人（他们都受了严重的碰伤或灼伤）的说法，此时里面浓烟弥漫，被困在汽车残骸里的人已无生存希望。

　　尽管电话联系已被切断，但消防部门和警察局还是立即投入力量去控制局势。市长也不知是从什么地方冒出来的。人们先是看见他在荷兰隧道附近，接着有报告说他去视察了林肯隧道。他到达林肯隧道时，警察总长瓦伦廷已在那里指挥救援工作了。在林肯隧道入口处，一个美联社记者就在市长身边。拉加第亚市长决定去市政厅指挥，直到"我们把这些害人精扔到河里淹死"。那位记者就坐了一辆警察局的车，跟着市长前往市政厅。驶到拉斐特街与第8街的拐角处，密集的机枪子弹突然朝市长车队扫射过来。几个警察中弹，那辆警车的司机一个急转弯驶入了第8街，以避免更多的死伤。可不幸的是车的后轮轮胎中弹，到了大学广场，他们不得不放弃了警车。那位记者急忙跑到第9街的拉斐特咖啡馆，想把他的所见所闻报告给通讯社，同时跟市政厅保持电话联系。他看到拉斐特咖啡馆里到处是随救护车而来的医师们，他们正在给不少在第五大道上被纳粹分子的卡车撞伤的人做手术。似乎也是为了制造恐慌，那些卡车的司机以驱车冲撞躲到人行道上的行人为乐。因此那些医师有太多断腿折胳膊的手术要做，拉斐特咖啡馆就这样被变成了急救医院。至于向通讯社打电话报告情况，那就更别提了，因为纳粹分子仍然控制着大多数电话线路，根本打不通。无奈之下，那个记者跑到拉斐特咖啡馆对面，抓过一辆停在熟食店门外的送货自行车，有关通往新泽西的隧道的新闻这才被送到了通讯社。

纽约各大报社遇到的难题不只是电话线路都被切断了，无线电广播也都停了。全国广播公司和哥伦比亚广播公司离美联社并不远，徒步走过去都行，他们当时还真过去问了，两家广播公司都回答说自己的播音一切正常，只是长岛和新泽西的韦恩电波发射机显然无法使用了。由于不可能跟那些地方电话联系，他们只好派几个人分乘不同的车想去查找发生故障的原因。可到目前为止，那些外派人员除了一个人均未返回，这个人只走到了第55街，就遇上了街头激战，致使他在那里受阻。

据说附近旅馆中有一家的服务人员被怀疑是某个法西斯组织的成员已有好长时间了，他们此时企图对哥伦比亚广播公司（离得不远）和全国广播公司（沿着大道走两三个街区）发动攻击。他们分成两队，每队约50人，他们还得到附近餐馆意大利侍者的增援，开始了一场军事冒险。到了第五大道与第55街的拐角，交通警察看到这些穿着军服列队行进的人，便上前问其中领头的，是否有在街上游行的许可证。那领头的把手伸进外衣口袋，好像是在找许可证。可他掏出来的不是纸的文件，而是一把左轮手枪。他一枪给那警察爆了头。两个骑警从第57街过来，正沿着第五大道缓步巡逻，他们目睹了这起枪杀。他们不顾众寡悬殊，用马刺策马冲向那些法西斯暴徒。两人也被当场击倒了。恰巧此时有一车防暴警察沿着大道疾驰而来。这些警察刚在第60街镇压了骚乱，此时又接受了巡逻的任务。

他们听到枪声就把车停了下来。那些暴徒并未意识到自己身后的威胁。防暴警察看到无人骑的马匹在吵吵嚷嚷的暴徒中间昂起了头，便遵循了"先开枪后查问"的老例。他们用防暴枪朝街上密集的人群开火，当即造成许多人死伤，剩下的法西斯党徒四散逃命。

接着，他们又看到许多人从麦迪逊大道方向拥来，这些人叫喊着、推搡着，显得极度恐慌。警察们马上回到巡逻车上，从西54街开过去。当他们到达麦迪逊大道485号的时候，正好看见一帮穿黑衫的家伙想要闯进哥伦比亚广播公司大楼的玻璃门。他们又绕到闯入者的背后，用防暴枪干掉了一半的暴徒，这时其他暴徒才意识到发生了什么，赶紧从弹雨中逃了出去。大的广播电台这才幸免于难，但电波发射机依旧没有动静，除非将它们从控制它们的人手中夺回来，实在没有别的办法。即使夺回来，也得花上几个星期才能完全修复。

还有几个有关警方与小队全副武装的青年交火的报

告。小队青年中，领头的指挥有方。这些交火发生在城市不同的区域，由于电话联系中断，无法写出一篇连贯的报道。

与此同时，港口那边闪耀的红光表明好几个码头和仓库着了大火，而来自下城方向巨大的爆炸声，不是从中立国船只中冒出来的纳粹军队正在攻打加弗纳斯岛[1]，就是来自加弗纳斯岛的美国正规军已在炮台公园登陆，正努力朝上城方向推进。

此时布鲁克林和霍伯肯的上空也显示一定有不少地区着了火，但还没人知道详细情况。从上城传来一个令人不快的消息：一艘相当大的船在穿过跨越哈勒姆河的铁路桥时，设法让自己撞进去卡在桥下（由于行船通道是那么宽敞，唯有技艺高超的专家才能做到这一点），使得这条铁路线完全瘫痪。据说就在大中央车站挤满成千上万急于要

---

[1] 加弗纳斯岛在美国纽约上纽约湾。1794年以来一直被用作军事基地。

逃出城市的人的时候，有好几列火车在帕克大道隧道中停驶了。

当发现搭乘火车已经无望，他们便不放过任何一辆经过的出租车和卡车。有一个记者从东区回来，说帕克大道两边都让汽车给堵得严严实实，所有车辆驶向的目的地只有一个——连接曼哈顿岛与大陆的大桥。车辆数量是那么多，使它们都紧紧挤在一起，车流移动的速度那么缓慢，活像是一条巨大的黑色冰河。记者估算这些车辆的速度不会超过每小时6英里。这可以用他自身的经历作为证据。由于无法正常穿越帕克大道，他就从汽车的车顶上走过去，并安全到达了大道对面，回到了通讯社。

至于警察们，他们早已放弃疏解交通之类的努力了。说实话，他们更愿意去疏解流动的火山熔岩，因为此时人人都处于歇斯底里的状态，如果谁想阻拦他们，非被他们撕成碎片不可。

奇怪的是，第55街附近的枪战过后，第五大道上几乎绝了人迹。而且出于某种说不清道不明的原因，从东区和市中心出逃的人似乎都相信帕克大道比第五大道更安全。

"中央公园里全是德国人，"有一个司机对记者喊道，"离中央公园远点！"这个记者当然马上去中央公园查看。他确实看到公园里全是人，这些人只是好奇为何河上的天空看上去那么红，但他们中很少有人听见第55街那边的枪声，因此还没有意识到事态的严重，以为不过是一场大火而已。甚至在广场饭店[1]对面，有个等候游客的马车夫都打瞌睡了。当记者把他推醒，告诉他德国人已占领了城市，劝他赶快离开时，他竟气哼哼地咒骂起来！

事情的进展确实有令人不可思议的地方。当城里的某个区域爆发激烈的枪战时，只隔了一两个街区，那边的居民却对武装冲突一无所知。当相对贫穷的居民区遭受纳粹

---

[1] 广场饭店位于纽约第59街，它和中央公园隔街对望，东临大将军广场，广场饭店因此而得名。纽约广场饭店自1907年10月1日开业以来，一直是名流要人下榻之地，被认为是名流的代名词。广场饭店是纽约市的地标建筑之一。

分子卡车的冲撞，死亡和毁坏从天而降，致使那里的人惊恐地逃出城外，而所有较富裕的邻居却还没受到恐慌的袭扰。他们知道发生了火灾，仅此而已。

甚至当10多架飞机飞越城市的上空（飞得很高）时，大多数纽约人仍然没有怀疑事情有什么异样；况且美国已开始备战，成队的飞机从头顶飞过也司空见惯。至于炸弹的爆炸声——这些敌机企图炸毁跨越哈得逊河和东河的桥梁，他们不是没有听见，就是以为那是卡车引擎回火的响声。

但从无线电城[1]的楼顶可以清晰地看到这些飞机，两个记者爬楼几乎爬到心力衰竭才上到楼顶。其中一个曾在海军服过役，懂得摩尔斯电码[2]，就打信号通知了楼下的

---

[1] 无线电城：位于纽约曼哈顿第六大道的洛克菲勒中心的核心建筑，共70层，1939年建成。

[2] 摩尔斯电码指最初于19世纪30年代由S. F. B. 摩尔斯发明，用来拍发电报的电码和经过修改的摩尔斯国际电码。摩尔斯电码用不同长度的电脉冲或灯光等可见信号发送。

人。按照这两个勇敢的攀登者的说法，敌机分三拨飞越纽约主要的桥梁。乔治·华盛顿大桥的一座钢塔好像被击中了，但大桥本身只是有点下陷，仍保持完好。布鲁克林大桥的遭遇就糟糕多了。筑桥的石板纷纷落入河中。他们无法看清桥上的车辆是否还正常行驶，但担心该桥已不再安全。

接下去他们看到南部海湾出现一连串迅疾的闪光。他们无法辨认是什么船驶入了港口，但看起来像是美国的战舰，它们似乎想赶走占领炮台公园和怀特霍尔一带的敌人。

此后不久，敌机停止了对大桥的攻击，朝海湾方向飞去。此时，整个曼哈顿一片漆黑，只有多处的大火还在燃烧。从无线电城楼顶发回的消息也就到此为止了。

然而几乎没有任何间歇，整个纽约就被接二连三巨大的爆炸声震撼了。这些爆炸声主要是从加弗纳斯岛方向传来的。美联社的报道到这里就结尾了。"现在我们暂停一下，一有消息将立即传送。"这个临时电台的声音已经很微弱了，显然这个小小的电花快要熄灭了。那个负责收听的人摘下了不舒服的耳机，站起身，舒展一下胳膊，伸手去拿一支烟。

在他停下的时候，忙着记录的人也总算能休息一下了。

你发疯了，完全疯了

本地新闻编辑站起身。"迈克，你干得棒极了，"他说，"我要把今晚你所做的告诉美联社纽约站的人。很可能我们是康涅狄格州这片区域唯一一收到这篇报道的报社。现在该你了，约翰。"他对一个年纪较大、手拿一沓纸张的人说，"尽快把这篇报道整理出来，叫醒尽可能多的排字员，交给他们去排。吩咐他们快点排。每人排个两页，20分钟后就能在街上卖我们的号外了。其他人帮约翰的忙，或者去'沃普'小吃店买咖啡和三明治。今晚我们可能要在这儿干通宵了。"

此时我感觉汉塞尔轻轻捅了我一下。"爸，听我说，"他说，"我们今天就到此为止吧。你知道我们还有大约6小时的车程，是不是该走了？"

我也这么觉得。此时我忽然感到自己累得够呛。我回答："没错，我们真的该走了，不过再等一下好吗？我刚刚有了个想法。"

"好的，爸，不过快一点吧。你已不像上一次大战时那么年轻了。"

"我会抓紧的，只是想再打一个电话。"

我走向电话交换机。这里的电话还可以使用，至少可以打到邻近的地方。我拨了诺沃克[1]的一个号码，在话筒里听到了玛丽非常快活的声音。她一如既往，像是在等着我打电话似的，其实六个星期前跟他们夫妇吃了一顿饭之后，我们就再没打电话联系过。

"啊，是你吗？"她说，"吉米怎么样？你的孙儿们

---

[1] 诺沃克：美国康涅狄格州西南部城市。位于诺沃克河口，濒临长岛湾。

有什么消息？真有意思，我们刚才还谈起了你！我们看到格林威治的天都染红了，正担心你家的房子别着了火。"

"你们看到的就这些吗？"

"是啊，还有别的什么吗？"

我答道："说不好。我希望再没有别的了。今晚你们没接到别人打来的电话吧？我指的是陌生人打来的电话。"

"没有啊，"她丈夫回答，他用楼下的电话对我说，"我们没接到什么电话，不过有一件事情让我们搞不懂。这个星期有点异样。如果你过来的话，我会告诉你发生了什么，问问你对这件事情的看法。两个星期前，我们接到某个著名律师事务所写来的信，这家事务所好像叫马尔玛杜克–普里姆罗斯，或者普里姆罗斯–马尔玛杜克律师事务所。我不能对你说那些人的名字，但他们散发着格罗顿[1]和哈佛那种名校的气味。他们想跟我们谈一个非常有

----

[1] 格罗顿即格罗顿预科学校，美国马萨诸塞州一所著名的大学预科学校。

趣的建议。我以为这个建议跟书有关系。这种事务所的高层人士常常想写法律方面的通俗图书，虽然他们从未写过。他们满心以为会畅销的书，我们100本都卖不出去。但结果怎么样谁敢说呢，于是我们就约好见面。他们显得彬彬有礼，寒暄之后他们说想买下一家有点名气的出版公司，改名为保罗雷维里出版公司，专门出版爱国图书。因为我们公司是纽约市最有创业精神和最有前途的出版公司，他们认定必须收购我们公司，以便有一个好的开端。随后他们有意无意地问我们有没有读《星期六晚邮报》刊登的柏林乌尔斯坦出版公司失去其产业、贝尔曼–费希尔出版公司在维也纳和斯德哥尔摩被没收资产之类的报道。他们中的一人提出建议，对我们来说最好现在就把公司交出去，并且说他们公司愿意付给我们10万美元现金作为补偿。

"我们问他们，他们的意思是不是愿意出100万美元，但他们的回答是否定的，他们出的价就是10万美元，我们最好接受这个价格，因为谁也不知道过些日子会发生什么事。

"我们简直要气疯了，他们走了以后我们马上打电话询问律师，过了1小时律师把电话打回来，说那些人都是100%的美国人——先辈在五月花时代[1]就移民到了美国，他们自己都是格罗顿预科和哈佛大学的毕业生。但他们也是101%的反罗斯福人士，宁愿看到希特勒取胜，也不愿让罗斯福总统获得第3个任期。在过去的1年中，他们跟德国驻纽约特别总领事穆勒先生厮混在一起。后者名义上是来'促进美德之间的商务联系'，实际上干着希特勒许可的卑鄙勾当。你一定在报纸上读到过他的情况。《论坛报》正盯着他呢，估计他快完蛋了。可就在真相被揭露出来之前，纽约人都听说他想要收购美国一家大出版公司，用来在美国倾销亲纳粹的书籍。这个计划不太成功，所以

---

[1]　"五月花"号船于1620年从英国运送清教徒到达马萨诸塞州普利茅斯。他们在那里建立了第一个永久性的新英格兰殖民地。

现在他显然要使用高压手段了。

"后来我们就给普里姆罗斯-马尔玛杜克律师事务所写了一封态度强硬的信，告诉对方我们对他们的建议毫无兴趣，不想再跟他们接触了。"

"那么，"我说，"此后呢？你没遇到什么事吗？"

"没有啊，"约翰说，"那帮律师没再来缠我们，不过今晚有点别的古怪的事情。"

"什么样的事情？"

"今天晚上哈里和他妻子忽然来了。我们当然很高兴见到他们，但事情似乎有点奇怪，因为早晨在办公室哈里并没有说他要来我家。而他对我们不知道他要来也感到很吃惊，因为下午他接到一封我们发给他的电报，请他来吃晚饭并在我家住一夜。"

"你对这事有什么想法？"

"跟你说实话吧，我还没空多想。我估计可能是我们的一个朋友玩的恶作剧吧，所以就不想深究了。"

事态比我预期的还要糟糕。我打断了约翰的话："你听说发生在纽约的事情了吗？"

　　"还没有，"他答道，"我无法听到啊。两小时前我家的收音机出故障了。一定是有根管子烧了。我想用家里用人的收音机听，可那一架也坏掉了。有什么新闻吗？最近好像没发生什么特别的事情。"

　　我回答时不仅把语速放慢，还加重了语气。当记者的都有点演员天赋，喜欢增加戏剧性："确实有新闻要告诉你。你刚才对我说的一切跟我知道的事情太吻合了。现在你去告诉玛丽，叫她把孩子们叫醒，然后把你的车和哈里的车开出来，尽可能快地离开这个地方，和我们一起到佛蒙特去。"

　　我确实听见他失声喊了一声，相信他是大吃一惊，接着他关切地问我："你疯了吗？"

　　"我正常着呢，我自己刚才经历了一些小事故，当然都没什么大不了的，可是半个纽约都在燃烧，据我所知，我家里的房子现在也被烧得什么都不剩了，许多人送了命。德国人入侵美国了。第五纵队、第六纵队、第七纵队——他们全都发动起来了，现在正到处杀人，为所欲为。德国领事馆的高层想在纽约干掉你。还好你告诉了我，我现在什么都明白了。他们在城里没有成功，现在就企图在郊外干他们的卑鄙勾当。否则他们不会发电报把哈里诓到你家去。我不知道究竟会发生什么，但肯定是很坏的事情。我是从斯坦福给你打电话的。我和汉塞尔正要去多塞特。我们马上就出发，在往北去的路上跟你们会合。波斯特路是指望不上了，不过汉塞尔知道该怎么走。大概45分钟后我们到你那儿。吩咐玛丽带一些孩子用的东西。我想你家里不会有手枪吧？要是有的话，找出来放在手边。告诉哈里，这事终于发生了。他不会相信我的话的。现在他该看到我们生活的是怎样的世界了。我们马上就过来。叫玛丽不要担心，但要做好准备。1小时后见。再见。"

可是约翰不让我挂电话。"听着，亨德里克，"他说，"我知道你不喝酒，可你发疯了，完全疯了。这里安安静静的。如果发生什么事，我们可以打电话叫警察。等一等，哈里要跟你说话。"

哈里似乎比约翰更不把我的话当回事。他简直都无法想象有人会伤害他甚至杀死他。"亨德里克，这简直荒唐透顶，"他争辩道，"这里一切都很美妙。可能纽约出了什么麻烦事，也许警察驱散了纳粹分子的集会。那样的事情总是有的。你干了太多的难民救济工作，在你眼里到处都是纳粹分子。给自己休个假好好放松一下。你为什么不去多塞特找你的孙儿们玩一玩呢？"

"我现在就要去多塞特，我打算过来把你和约翰全家人都带走。"

"可我们不能去呀。我妻子只给我带了在外面过一夜的东西。别的我们什么都没带。再说，明天早晨我必须去纽约开会。感谢你这么关心我们，可如果你不介意的话，我要说这一切简直太傻了。我可以看到外面的花园。外面是一轮明月，万物宁静安适。我们会将这里的寂静称为和平，这里洋溢着和平的情调！莎士比亚是不是这么说的？"

"莎士比亚是这么说的，"他居然诗兴大发，我想要打断他，"可他还写过一句诗，是关于被狼群包围的一只簌簌发抖的小羊。你现在放下电话吧，叫玛丽来跟我说话。请原谅，可怜的朋友，我不想让你难过，你和约翰都是了不起的出版商，我实在不想失去你们。所以还是让玛丽来跟我说话吧，看在上帝的份儿上，请你快点好吗？没时间磨蹭了！"

玛丽来接电话了。

"亨德里克，怎么回事？"她问，"你好像很不安。你工作太紧张了，应该休息一下。"

"亲爱的，你听着，地狱里的恶魔都跑出来了。我们还不知道详细情况，但所知道的已经足够可怕了。可能我只是让你们白忙一气，但也可能我救了你们的性命。事情很严重，所以还是照我说的做吧。我会打电话给诺沃克警察局，叫他们在我们到来之前照看你们。你赶快为孩子收拾一些衣服放进行李箱。尽可能远离窗户。在我们到来之前不要叫醒孩子们。给他们找一些吃的。快准备吧！快准备吧！再见！"

据我的感觉，他们依旧不相信我。我说服信奉孤立主义的人士所花的力气也不过如此。

同时我知道，除非诺沃克方面已经注意到了严重的事态（因为我并不知道纽约难民潮正拥向哪一条路），否则很难保证那里的警察会跟我合作。于是我问《倡议报》编辑部的人，谁认识诺沃克的警察局长。本地新闻编辑说他认识，局长跟他是中学同学。

"很好，"我说，"你设法联系到他，告诉他我清醒着呢，并没喝醉。我可不想每次警告别人有被杀的危险时都被当作疯子看待。"

那编辑拿过话筒，几分钟后他接通了诺沃克警察局。局长在局里。我只能听见编辑这边说的话。

"你好，局长，这里是斯坦福的《倡议报》……没错，是我……我很好……你怎么样……哦，这么说你都知道了？……他们袭击发电厂时，只好开枪，有10多人中弹！……是的，我们会报道的……我马上派一个人过去……现在你跟我这里的一个朋友说几句吧……他住在你附近时，你见过他的……没错，住在威尔逊角……好的……他要跟你谈谈他担忧的事情……他来了。"

我接过话筒，向他解释我要他做的事情。"没准儿我会让你白忙一场，"我出言谨慎，想让他先有个心理准备，"但那两个人都是我最好的朋友。只是他们心思太单纯了。他们不了解纳粹分子。他们怎么会了解呢？对他们来说整件事情都难以置信。可我很害怕。那些人想用恐吓方式迫使他们放弃出版事业，这已经够严重的了。直到现在，他们还看不出其中的联系。那封假电报使他们集中在乡下的一个地方，情况都这么严重了，可他们似乎仍然以为这是一个玩笑。即便是现在，他们可能也什么都没照我说的做。他们只会坐下来谈论我为何这么大惊小怪，而所有这一切恰恰都在我的祖国荷兰发生过了……很好！……要是你不介意派人去管这荒唐的事情，实在是帮了我大忙了。不过我要提醒你，鉴于我们在老格林威治的亲身经历，我要说，那些家伙真的是心狠手辣。所以别心存侥幸。最好派两辆警车，一辆不够用。我们会尽快赶到那里的。非常感谢你，如果事后证明是一场虚惊，责怪我就是了，我能承受得起。"

我站起身，对本地新闻编辑表达了谢意。"该感谢的是我，"他说，"下次有什么真正新闻的时候，请再过来吧。对了，既然你要往那个方向去，能否带上我们的一个记者？我们派驻诺沃克的人是个笨蛋，他伤了肩膀。如果那边打起来的话，我们想要相关的报道。此外，那些从纽约逃出来的疯子现在堵塞了波斯特路，你们从那里过不去，我们的杰里会派上用场的。他是土生土长的，熟悉这里的每一条小路。再见，祝你们好运，告诉杰里尽快把报道发回来。也许今晚我们能搞出十几张号外。"

我忽然对自己曾经做过的职业产生了深深的爱。恐怕这世上没有别的群体能这么迅速地把握局面，而且能这么热心地帮助一个同道。即便我们这个职业有一些令人不快的方面（比如八卦新闻的专栏记者），一旦发生危机，到了需要迅速思考和迅速行动的时候，给我五六个本地新闻编辑室的年轻人就足以应付了。当世间的政治巨头们聚到一起秘密开会以决定世界的命运时，这一拨人必须偷偷由随从通道潜入，发回他们的独家新闻。

回想25年前，我随时都要汇总张伯伦、普恩加莱、麦克唐纳、达夫·库珀和安东尼·艾登[1]之类人物的情

---

[1] 普恩加莱是法国政治家，曾任法兰西第三共和国总统和外交部长。麦克唐纳是英国工党领袖，曾任首相和外交大臣。达夫·库珀和安东尼·艾登都是英国外交家。

况，发给两三个聪明的本地新闻老编辑。他们可能搞不清楚"坎特伯雷大主教"之类的头衔，或者不知道该给南希·阿斯特[1]乡村别墅的男管家多少小费，但他们能摸透这位阁下和那位夫人的底细，那才是真正要紧的。

---

[1] 南希·阿斯特即阿斯特子爵夫人，英国下院第一位女议员。

诺沃克惊魂

　　杰里确实证明他自己价值连城，因为没有他的话，鬼知道我们要在斯坦福堵上多长时间。我们从一个警察（他在争相逃命的车辆中早就放弃了维持任何一点秩序的努力）那里听说，横跨梅里特公路的一座桥梁已被炸断。这次爆炸来得过于突然，汽车不停地冲进炸开的缺口中，直到缺口被完全填满，简直成了一大堆由钢铁和橡胶挤压成的固体。这堆坚固的东西倒可以成为随后到来车辆的桥梁，不过模样丑陋的废钢铁着了火，没有一下子就撞死的人都被烧死了。

　　这个地方到底死了多少人，那个警察根本估计不出来。他跟一个刚从现场返回的州警察谈起来，后者说他从未见过这么惨的情景。"他们只是不停地堕入那个缺口，"那个州警察说，"其实那些汽车开得并不快，但没人将前面发生的事情通知后面紧跟的车。所以后面的车推着前面的车，一辆接一辆地掉进缺口中，就跟一群羊似的，天知道有多少人被卡住被挤压，然后被活活烧死！"

那个州警察越说越带劲。他讲得绘声绘色，但我们急着要走。逃命的车流就像雪崩似的，此时显然拥到了波斯特路上。看不到尽头的难民车辆正直穿斯坦福的市中心，浩浩荡荡向前推进。大多数人跟没头苍蝇差不多，不知道自己的去向。正在逃离纽约，对他们来说这就够了。

"真见鬼，我们怎么才能穿过去呢？"我儿子问我。我也彻底没了主意。我知道的是，除非我们穿过波斯特路，否则就不可能开到僻静的小路上去。

那个热心的警察说："我教你们怎么走，你们开进车流里去。所有的车都在走一个方向。进去后，你们就慢慢往左边靠。等到了左车道，遇到横马路你们拐弯就是了。这是我能想出的唯一办法。这需要花一点时间，你们汽车的挡泥板和保险杠可就受罪了，但这是开到僻静小路上去的唯一办法。"

结果是毁了一个车头灯，两块挡泥板严重受损，还耗费了10分钟的宝贵时间。就算做出这样的牺牲，如果我们像体面的守法公民那样行事，那也是不可能办到的。但汉塞尔在这种场合总是怒不可遏，他可不管后面的人怎么按喇叭、咒骂，蹭着推着撞着，硬是往左边的车道挤过去。还不到波斯特路上的铁路道口，我们就已脱离了缓缓行进的车流。随后记者杰里（我竟想不起他姓什么了）就当起了我们的领航员，引导我们穿过迷宫似的曲径窄巷，转弯时的速度也不低于每小时40英里，我们终于到达南诺沃克附近了。

如果不是在穿越波斯特路时耽搁了一下，照我那可信赖的老秒表，我们只需要27分钟就可以到达这里。这块秒表是逝去岁月的遗物，那时我还想通过广播节目向人们发出警告，而我所警告的正是现在所发生的一切。当时大家都觉得太好笑了，把我看作"神经病"和"战争贩子"。

"再转一个弯，"杰里说，他仿佛能从黑暗中嗅出要走的路来，"我们就到威廉斯街了。"可就在此时，在我们前面40码左右的地方，路中间有一个探照灯突然亮了，它正对着汉塞尔的眼睛。他边咒骂边踩了刹车。"该死的警察！"他说，"他们险些让我们撞断了脖子！"

"你们要去哪儿？"黑暗中有人问道，"你们是什么人？"

"我就是从斯坦福打来电话的人。你们来得不晚吧？"

"我们还不清楚。"

我简直都不敢再往下问了，可最好还是面对现实。

"你是说他们被杀了吗？"

"我不知道。我们必须先把火扑灭。现在我们要找人了。你还是一起来吧。我们这就开始搜寻。"

汉塞尔把车停在路边，我们走向那座房屋。房屋前的地上躺着几个蒙着脸罩的人。"他们是聪明的家伙。"那个带我们过来的警察说，"他们穿成三K党[1]的模样，以为这样就能骗过我们了。可我们知道他们的身份。其中有两个是德国人，拿着假护照来这儿的。本来要被遣返的，可是他们向华盛顿提出上诉，获准在这里再逗留6个月。现在我们得装个骨灰盒把他们送回去了。这样省钱。

"在那边的第三个是疯子，一年前还待在州立精神病院里。后来他继承了一点钱。他为自己雇了两个奸诈的律师（都是犹太人），想想他做下的事情你肯定觉得很好笑。他们把他救出了精神病院，从那以后他就自以为是上帝或别的什么，受派遣要从犹太人手里把美国拯救出来。他先是雇了犹太律师，后来又杀了他们。这真的令我难以

---

[1]　三K党：美国历史上和现在的一个奉行白人至上和歧视有色族裔种族主义运动的民间排外团体。因该组织名称的三个字头都是K，故称三K党。

置信！第四个我们不知道是谁。我们觉得他是个俄国人，来自本州北部的白俄聚居区。他是最难对付的。是他先开的枪。"

"没错，"另一个警察插话了，"他击倒了警长，一枪打在两眼之间。我们开车赶到时，他拔出手枪抵抗。不能再给他机会了。所以我们先打死了他，然后又干掉其他三个。卑鄙的家伙！进屋里看看吧，看看我们过来时他们都干了什么！"

"你们过来时这房子里没有人吗？"

"连个人影都没有。"

"他们把屋里的人抓走了吗？"

"不会的。他们开了两辆车过来。两辆车还都在这儿呢。据我们的判断，车里一共坐了6个人。我们干掉了这几个。其他的逃走了。现在，"他打开房子的前门，"你看一看吧！"

客厅里的家具都堆在了屋子中央。桌子翻倒了，椅子摔烂了。书本被扔得到处都是。屋里弥漫着浓烈的烟味。

带我们来的警察说："他们正要点起一堆火烧房子，我们及时赶到把火扑灭了。所以我们以为他们杀了屋里的人，也许把人扔进了地下室。可地下室里没有人。厨房里也没有人。家里的用人显然都外出了，因为他们将一些水果和盘子放在厨房桌上，以备主人取用。"

"楼上的房间和阁楼都搜查过了吗？"

我的话显然有点伤了那警察的自尊。"先生，"他说，"房子里的每个角落我们都搜了个底朝天。"

就在这时我们听到了两声枪响，接着是短时间的排枪齐射。

"好吧，"警察边说边拔出他的左轮手枪，"也许那就是答案了。"他走出门去高声问道："发生了什么事？"

"我们找到他们了，"有人冲他喊道，"他们把屋里的人锁在了谷仓里。两个人在外面看守。树丛中实在太黑了，我们没有发现他们。可他们一定是看到了我们，他们朝我们开枪。他们没伤到我们，我们打中了他们。那里太黑没法儿瞄准，我们只得匆匆开枪。我想我们打中了那两个家伙的腿，最好还是叫救护车。"

"屋里的电话被砸烂了。"那警察说。警长被杀后，他好像已接过了指挥权。"最好去附近的人家，用他们的电话吧。"

"关在谷仓里的人怎么样？"我问。

"哦，他们没事，只是有点受惊。我叫人去把他们带过来了。"

他们的确没事，我看见他们过来了。玛丽抱着孩子。约翰抱着另一个孩子"史密斯夫人"。"史密斯夫人"似乎因这次冒险而异常兴奋。3岁的她对这种事情要比三四十岁的人感觉更加有趣。哈里努力想让自己显得很镇静。他握住我的手说："亨德里克，谢谢你。你是对的，这种事情也会发生在这里。"

我对他说："没错，会发生在这里的。不过至少在今晚，别让这样的事情再发生在我们身上吧。你们不能留在这儿！"

"你认为他们会再来吗？"

"我不知道，"我边说边领着两个女士绕过房屋的门前，不想让她们看到地上的死人，"他们可能不会再来，但也可能会来。你们还是不要冒险为好。"

"那么，"约翰问，"你要我们怎么做？"

"首先大家都喝一杯。我来请客，我的意思是——如果我能找到酒的话。然后你们收拾出够两三天用的东西。警察可能要忙很长时间才会过来。用人们也要回来了，他们跟警察待在这里很安全。等玛丽把孩子用的东西收拾出来，我们就动身。"

"你要我们去哪儿？"

"最好直接去多塞特。至少在接下去的几天里，那里似乎是很安全的。汉塞尔跟那里的人都很熟，他会帮你们找到住的地方。等事态平息了，我想肯定会平息的，你们就可以回来了。今晚发生的事情已经够多了。汉塞尔会把我们的车都开过来，要是那位警长不介意的话（我给这个穿警服的小伙子提几个级别不会有什么害处），我想我们还是走吧，因为我们还要开该死的好长时间的车呢。"

那位"警长"同意放我们走。他对我们说："你们越早离开这里，我们就越满意。我们还要对房子做点清理工作，房门前地上的那几个朋友还需要我们去照料。"

伞兵偷袭

　　10分钟后，我们就朝丹伯里[1]方向出发了。忠诚的杰里没有跟我们走，他要把相关的报道带回《倡议报》编辑部。我们走的时候，他正请求一辆警车把他捎回去。当车开到丹伯里时，我们所有人都显得很疲惫，尤其是可怜的汉塞尔，他那直率、别致的开车风格几乎施展了一整夜。我们决定在格林旅馆休息几小时。旅馆值班的服务员见我们没带多少行李，就觉得有点怪。他睡眼惺忪，还一点都没听说纽约发生的事情，据他的解释，他的收音机突然

---

[1]　丹伯里：美国康涅狄格州西南部城市。

坏了，而且当晚9点以后一直没有汽车从纽约那边过来。不过他非常热心，自己跑到厨房里给我们找吃的东西。他还为"史密斯夫人"找来一碟冰激凌，小女孩神情庄重地吃掉了这道美味，就像是得到了上天的赐福。然后我们就去各自的房间了。可怜的汉塞尔，他一倒头便睡着了。至于我自己，在这种场合总是无法入睡，直到身心突然垮下来。于是我回到旅馆前台，在热情的服务员的帮助下，打了几个电话。

我打给多塞特的珍妮特，令我大为惊讶的是，她还没睡。对此她解释说，因为吉米、伊丽莎白和格蕾丝在忠实可靠的沃尔特的陪伴下，几分钟前刚刚到达，她安排他们分别睡在谷仓和客厅，可能现在已经睡熟了。孩子们——皮埃特、詹尼和德克都很好，甚至没有被吵醒。傍晚的时候，威廉意外地到来。威廉在走访了新罕布什尔夏季戏剧节之后，搭约翰尼·萨科的车回纽约。他去多塞特纯属偶然，因为离开新罕布什尔时，谁都没想到纽约地区会有什么麻烦。在拉特兰[1]，他们听见报童高喊着卖号外，可因为经常受这类骗人号外的愚弄，所以他们懒得去买一份看看。当珍妮特告诉他们，由于老格林威治遭受袭击，我们都已动身北上，他们一开始以为珍妮特想开个玩笑。随后他们想从收音机里了解更多的消息，可什么都没听到。他们能听到的当地一家电台却在嘲笑"纽约遭受纳粹攻击"这个传闻，还劝告听众不要相信这类消息，因为这可能是外国政府资助的战争宣传。

坐了那么长时间的车，威廉和约翰尼都非常累了，他们便去乡村找一个睡觉的地方，并要珍妮特一有新消息就马上告诉他们。"我们想听的是有点价值的消息！"威廉临走时从车里对她喊道。此时珍妮特希望我告诉她，我们什么时候才能到达她那里。

---

[1] 拉特兰：美国佛蒙特州中南部城市。位于格林山和塔科尼克山之间，濒临奥特克里克河。

我没法儿告诉她。汉塞尔太累了，至少三四小时内我不敢叫醒他。所以我叫珍妮特先去睡觉，我们出发时会打电话通知她的。

然后我就走到旅馆外面，再抽上一口烟。四周静悄悄的。全城都已进入了梦乡。只有孤零零一辆车缓缓地沿着大街开过来。一个警察推推店铺的门，看看关紧了没有。过去8小时所发生的暴力事件似乎远在万里之外。我都快要怀疑这些事件是否真的发生过了。此时我才感觉自己累得快要昏倒了。我回到旅馆，进了房间。当我醒来时，已经是早晨5点了。汉塞尔躺在那儿，还是几小时前我走出旅馆时的那个姿势。我至少推了他5分钟，他才渐渐醒了过来。即便是醒了，如果不是我一直对他说话，他还会睡过去的。往脸上泼了许多冷水，才使我们两个完全清醒，然后我又去把其他人叫醒。

我们付完账就出发了。旅馆服务员对我们表示抱歉，说他没法儿给我们弄点热咖啡。他说出了旅馆往右走过两条马路，我们就能找到一个很不错的流动餐车。在那餐车里，我们就跟饿了一个星期没吃饭似的，每个人都点了火腿蛋、蛋奶烘饼和三杯咖啡。约翰最小的孩子一直在睡觉。"史密斯夫人"一副轻松愉快的模样，仿佛她酣睡了10小时才醒来，不过她的举止还是那么庄重和镇定。等喝完三杯咖啡，连哈里也完全恢复了老样子，他开了个玩笑，但我忘记他说了什么了。

咖啡和煎蛋使我们获得了新生。我们上了汽车，车开上了去往本宁顿[1]的道路。接下去的事情我还记得的就很少了。尽管喝了那么多咖啡，我却在座位上睡得很沉，而且身体还保持挺直的姿势（这花招儿我肯定是从海伦·霍夫曼[2]那里学来的）。一直到进入阿灵顿，经过哈伦·米勒家农场的谷仓时，我才醒了一会儿。当时我心里嘀咕：对发生的这一切，哈伦·米勒会怎么说？随后我又打瞌睡

---

[1] 本宁顿：美国佛蒙特州西南部城镇。

[2] 海伦·霍夫曼是房龙的好友，霍夫曼孪生姐妹之一，水彩画家。

了，一直睡到曼彻斯特。

另外两辆车紧紧跟在我们后面，一切危险似乎都过去了。山谷渐渐在我们眼前展现，我能远远看见多塞特教堂的尖顶。珍妮特不知怎么就估摸出了我们到达的时间，她和吉米还有沃尔特出来接我们。格蕾丝和伊丽莎白仍睡得昏昏沉沉，恐怕要再过五六小时才能醒。

珍妮特安排好了一切。旅店的经理已为我们准备了3个房间，此时正为3岁的"史密斯夫人"四处寻找一张儿童床，这孩子睡不惯大人的床。威廉无论做什么都有极强的时间观念，现在他也及时出现了。因此当我们到达时，全家人都到齐了。

我们先把孩子们抱上楼，然后我和吉米、沃尔特、威廉坐在一起，告诉他们我们遭遇的事情。我还没说几句，汉塞尔就跑了进来。他刚把车开进汽车间。他对我们说："你们还是出来一会儿吧。有一架飞机在山谷上面飞着呢。我刚才看见它在波莱特附近飞。现在它在这里盘旋，仿佛是想找降落的地方。"

我们跟随他走到旅店后面的花园里，在那里我们能俯瞰整个山谷。我们看到了那架飞机——蓝天上的一个小黑点。它在空中画着一个大大的圆圈，先是隐身在左边的塔科尼克岭背后，然后又藏进了右边的格林山脉。当飞回到山谷的中心地带时，它飞得比先前低多了。

"我想知道它要在哪里降落。"吉米说。她快活得就跟退潮时的蛤蜊似的。就在这时，那架飞机又猛地往上升。就在它迅速飞向高空的当口，十几个小包出现了，它们就像是从飞机上被扔出来的。几乎就在同时，这些小包都打开了，我们知道自己正在目睹第一拨的伞兵偷袭。

"这些杂种！"我两个儿子异口同声地骂道。汉塞尔从他妈妈的祖先那里继承了一点伊桑·艾伦[1]的血统（不

---

[1] 伊桑·艾伦（1738—1789），美国军人和拓荒者，独立战争时期佛蒙特地方游击队长。

包括这种血统的酒精含量），在佛蒙特的土壤里成长为一个注重实干的人。他飞快地跑向街对面的消防站，没过几分钟，救火车的警笛就尖声叫了起来，告诉多塞特的居民，他们最好还是从舒适的床上起来，看看这个地方到底发生了什么。他们当然以为是谁家的谷仓着了火，要想让他们相信战争已经波及他们宁静的乡村，那可不是容易的事情。一旦弄明白了事态，他们就会忍不住发出铺天盖地的咒骂。随后便各自回家去拿猎枪，把自己的车开出来。他们当然赶不上救火车，因为救火车是最能跑的车。

"你还是在家里待着吧。"我大声对吉米说，她正要跳上救火车的脚踏板。

"叫我留在这里错过一场好戏吗？"她回答，"我不是这种人！"随后我们就都上了车，救火车冲上了通往山谷的道路。

威廉仍穿着睡衣，套了一双运动鞋；珍妮特穿着吉米的旧马球衫。"快点啊！"她说，"这肯定挺有趣的。整个夏天都只跟孩子和苹果打交道，在这儿住得都腻味死了。"

"太刺激了！"汉塞尔喊道。他拉住珍妮特，以防剧烈颠簸的救火车把她甩出去。"看看这座房屋！这帮坏蛋已经动手了！"就在前面约两英里的地方，我们看到一条火舌迅速升向了天空。

随着我们的车靠近那里，火势也越来越大了。我们刚冲过上次洪水后建的新桥，就看见附近的两间农舍和谷仓都在熊熊燃烧，可见这帮施暴的家伙是擅长此道的。

尖厉的刹车声过后，我们的车停了下来。即便这样，它还是差点儿撞到停在路中间的一辆车。这车空无一人，但从右边一堵石墙后面传来一个声音：

"汉塞尔，是你吗？"那个声音问，"告诉你的人留点神，都趴下来。德国人在右边的房子里。他们一看到我们就开枪了。等等！他们又要开火了！"

砰砰砰砰！一通枪响表明我们正处于危险地带。

不过一听到枪声，我们都本能地将身体贴着地面，所以没人受伤。

几秒钟后，我们都躺到石墙后面的草地上了，墙的这一边很安全。感觉我们只好在这里待一段时间了。

那些伞兵从天空降落时一定带了一挺机关枪，因为石墙上到处是弹孔。原先住在石墙里的两只臭鼬匆忙逃离，它们大概是太惊慌了，竟然没有使用惯常的防卫手段。"老天爷啊！"早就在石墙后面的一个人说，"要是这些家伙放出臭屁来，那可比1000个德国人更可怕。"

"没错，"威廉在我耳边低声说，"可在美国连臭鼬都不愿当希特勒的帮凶。"

此时我们都很清楚，不能一直待在这石墙后面。还是汉塞尔脑子最快。他建议道："我们中最好有一个人下去警告其他人，他们马上就到这儿了。"

"好的，"威廉回应道，"我去吧。我擅长扭动身体[1]。"以一种难看的舞蹈动作开始，他向我们来的方向爬去，身体紧贴着掩护我们的石墙。

接下去的半小时，可以说是我生平经历过的最不舒坦的时光了。当然也可以退回去，但眼前的景象吸引了我们的注意力，使得我们都不想离开了。我们右边的两间农舍和谷仓的火势更加猛烈了，位于它们左边的房子不断在朝外开枪，这表明纳粹分子完全知道我们的存在。

终于又有几个村民加入到我们中间。我一直以为佛蒙特农民是行动和思想都很迟缓的人，但现在我所看到的，活脱脱是当年英国军人领教过的那个伊桑·艾伦。不用别人教他们，他们似乎不仅知道该做什么，更知道不该做

---

[1] 房龙的次子威廉是个舞蹈演员。

什么。他们把自己隐蔽好了，然后匍匐移动，越来越靠近那座房子，直到他们知道自己的猎枪能有效发挥作用了。他们不知怎么就找到了石墙上的裂缝，可以将枪伸出去，瞄准好了再朝那房子的窗口开枪。不久，大路那边也传来了几声枪响，表明波莱特和格朗维尔的人也已得知发生的事情，现在从山谷北面玩起了印第安人的包抄战法。

占据那房子的人，不管他们是谁，好像也意识到今天的事情不那么简单，因为他们不再动不动就用机关枪扫射了，到后来差不多完全停止了射击，说不定他们没子弹了。

我们都异常兴奋，完全失去了时间概念，当我看表的时候，才发现我们在这儿都快两小时了。几分钟后，我们听到了一声巨响，有东西飕飕地从空中飞来，重重地坠落在我们与那房子之间的农田上。

"天哪！"趴在吉米和我旁边的一个青年农民说，

"那一定是拉特兰南北战争时期的老炮打出的炮弹，我想他们还要接着打。但愿这些炮弹不会打错地方把我们炸死。"

操纵那些大炮的人可算不上熟练的炮手。但过了几分钟，他们显然测准了距离，打得比刚开始时好了许多。他们的炮弹不再落在我们附近，而是开始落在靠近那房子的地方。后来，一定是有炮弹击中了那房子的一面墙，因为这座老房子（建于美国独立战争前的住宅）"轰"的一声倒塌了，腾起浓浓的烟雾。接下去的两颗炮弹彻底炸毁了房子。不过为了安全起见，我们在站起身之前还是等了几分钟。事实证明我们的谨慎是必要的。当一个农民用枪尖挑着帽子从石墙后面举起来时，没等他把枪往回缩，已至少有三颗子弹打穿了那顶帽子。这成了那些远处的炮手再次开炮的信号。他们又将十几颗炮弹打遍了那房子的四周。我们又等了一会儿，当有人再次挑起帽子时，没有一点反应。显然那房子里的人不是死了就是伤了。最后，一个农民一纵身跳过了石墙。即便这样，敌人那边也未作什么抵抗，所以其他人就慢慢跟进，小心地利用石头和树木掩护自己，匍匐着向那堆废墟靠近。它已经被炸得不成样子了，但我们那时怒火中烧，恨不得所有的德国人都已毙命。

我们这么愤怒是有原因的。离房子的前门不远，躺着原先住户一家人的尸体，一对农民夫妇和他们的5个孩子，他们早已死了，都让子弹打掉了脑袋的半边。稍感安慰的是，德国人也全都被干掉了。其中一个从瓦砾中被拖出来时还有一口气，但要阻止那些农民用枪托把他的脑袋砸个稀巴烂实在太难了。我请他们不要这么做，让他能自然死去，那当然不是出于我对他的怜悯，此时的我哪里还有什么怜悯。我只是希望他能向我们提供情况，我们想知道他是什么人、他是从哪儿来的、接着到来的敌人可能要实施什么计划。我把自己的想法告诉其他人。听完我的解释，那些人答应让我问他了。

"我们给你10分钟时间，"那个带头翻过石墙的年轻农民对我说，"10分钟内你想打听什么就打听什么。过了时间，他必须跟他的同伴下场一样。"

德国伤兵

那个受伤的人是腹部中弹，腹部受伤通常不是非常疼痛。他的脊椎好像也被打断了，因为腰部以下已无法动弹。

我用德语对他说话，尽可能显得诚恳一些："瞧你们在这儿干的好事。"

他把眼睛睁大一点，轻蔑地看着我。

"干的好事吗？"他用浓重的巴伐利亚口音答道，"哼，你还想要什么呢？战争就是战争！"

"没错，"我改用他的方言对他说话（因为我在慕尼黑大学读过5年书），"战争就是战争，可你为何要杀死这个男人、这个女人，还有他们的儿女？"

"他们妨碍我们了。他们会去告密。他们威胁到我们的事业。"

我的老天爷啊，我心想，在佛蒙特的农田里躺着一个快要死去的巴伐利亚青年，他远在世界的另一头，却还在谈他那该死的事业。

"你从哪儿来的？我的意思是，从哪儿乘飞机过来的？"

"我不会告诉你的。"

"你属于哪个团？"

"我不会告诉你的。"

"还有别的人接着过来吗？"

"是的，"他费力地咧嘴笑了笑，"有几百万呢！等着看吧，有几百万呢！"

"最好别再耍聪明了，"我警告他，用上了在巴伐利亚常用却不那么高雅的词句，"你快要死了，别玩鬼把戏了。"

"我知道自己快要死了，"他答道，"我想要你为我做点事。"

"为你找一个牧师吗？"

"牧师们都该死！我们早就废除了所有宗教——呸，散发着臭气的宗教。"

"那你要我做什么呢？你最好快点。你只有几分钟时间。你到底要我做什么？"

"你把手伸进我的上衣，那里有一张照片。把它拿给我。我想要它，求你了！"

这似乎是到现在为止我从这个可怜的巴伐利亚青年身上发现的唯一一点人情味。他想要看看他心上人的照片。

我最讨厌做的事情之一就是把手伸进别人的口袋，这件事情我一生中就没做过几次。凡经历过这两次大战的人，都免不了要做这件事。我把手伸进他的制服，摸到一只劣质皮革钱包。从钱包里掉出一份文件——看上去是官方的东西。我太熟悉皇家老鹰下了一只丐蛋的标志了，都不用细看。那年轻人昏昏沉沉的，没有注意到那份文件从袖珍笔记本里掉了出来，我也努力不让他注意到这个。

"你想要的照片在哪儿？"我问他。

"叠在一张报纸里了。把它给我。"

我把零碎东西都掏出来，发现了一张像是剪报的纸片。就在我要将它递给他时，我猛地感到了一阵震颤。有些东西是一个人永远无法忘却的，比如自己所爱的人的笔迹。还有就是一个人从小就见惯的某种报纸的字体。我可以在成堆的旧报纸中辨认出我熟悉的那种字体来。这张纸片剪自《新鹿特丹报》，可以说我是从这份报纸上学会拼写的，我总是饶有兴趣地读上面登载的关于轮船驶向遥远国家的广告，还有关于现货销售肉豆蔻干皮、肉豆蔻粉和桂皮的公告。当时我愣愣地看着这张纸片，连这个垂死的士兵也注意到了。

"把它给我。"他想用命令的语气对我说，但他太虚弱了，那声音听起来跟低声耳语差不多。

"你先告诉我这剪报是从哪儿来的。"

"在挪威得到的。"他答道。

我突然把要说的话从德语转换成我的母语。"你这狗杂种！"我用荷兰语说，"你撒谎，你是在鹿特丹得到它的！"

"这有什么关系吗？"受伤的士兵用荷兰语傲慢地问我。

"好啊，"我说，"这么说你也在那儿！对一个德国人来说，你的荷兰语够好的了！"

"这有什么奇怪的！我在那里的一家飞机制造厂工作了3年。"

"他们待你不好吗？"

"他们待我很不错。"

"所以你就回去烧掉他们的家园，杀死他们的儿女，就像今天早晨你在这里所做的。"

"你想要怎样呢？战争就是战争，我要执行命令。"

"你从生活中就没有学到什么别的吗？除了'战争就是战争，命令就是命令'，你就没有一点人性吗？你那个卑鄙的元首把你的人性都灭绝了吗？"

"我不懂你在说什么。我尽我的职责。别的不用我操心。我爱我的祖国和我的元首。我想我再过几分钟就死了。那又怎么样呢？一百万、几百万的后来人会为我报仇的。""报仇"在德语中不是一个好的词，可他用了一次又一次，显然觉得用这个词很过瘾。"我们要征服世界。这是我们的责任——我们的责任，我们德国的责任就是去拯救世界。如果我们必须杀掉几个无辜的、不明事理的人，这确实不太好，不过那又有什么关系呢？"

如此宣泄政治狂热大大消耗了他的体力，可我又怎么阻止得了呢！就像一只高品质的瑞士手表，既然已上了发条，它就必须嘀嘀嗒嗒一直走下去，直到报出最后的时刻。

不过他衰弱得非常快。他闭上眼睛，就这样过了好几秒钟，我都担心他缓不过来了。后来他不知怎的又活了过来，向我请求道："把照片给我，我死的时候要看着它。"

"你想要我带口信给你的女朋友吗？"我问。

他嘴唇一撇，带着深度的轻蔑。"女朋友！"他边说边想显出讥讽的神情，但并没有成功，"你们美国人满脑子都是女人和金钱。我们德国人比你们更有头脑。女朋友吗？呸！把照片给我！"

我把一直拿在手里的照片递给了他。出于愚蠢的对别人隐私的尊重，我始终把它面朝下，不让自己看到照片上的人。那士兵一把抓住了照片。他衰弱得几乎都抓不住照片了，这个临死前的动作显示了他的决心。

"现在一切都好了。"他低声说。他看着阿道夫·希特勒的照片，脸上露出无力却愉快的微笑，随后就断了气。我们这些凡人可理解不了这种事情，也许上帝能够理解。

　　答应给我10分钟时间问话的那个农民回来了。他说："哦，时间到了。现在该把他交给我们了。"

　　"好的！去把他埋了吧，"我对他说，"他已经死了。"

　　"他告诉你什么了吗？"

　　"他说还是没说都不重要，我真正想知道的在这儿呢。"我给他看从德国人的袖珍笔记本中掉出来的文件。"我还没空看它，不过它也许能告诉我们想要知道的东西。"

　　"好吧。你看一下这文件，然后把内容告诉我们。现在我们要把这里清理一下，把这些家伙埋到玉米地里去。他们可以成为很好的肥料。殡仪馆的人也很快就会过来把这一家人接走。我们明天埋葬他们。"

我心想，阿道夫·希特勒想必会对今天早晨的事情心满意足。不到1小时，他就把特别友善、随和的佛蒙特农民变成了嗜血的野兽。其实我自己的感觉也差不多，只是没把这种心思表达出来。

将计就计

我问汉塞尔，这一带的人有没有他认识的。他回答有。我说："也许他们会让我坐在他们家的门廊上翻译这个文件。"

"我想没问题吧。"

我们穿过密集的人群往外走。这些人从山谷各处集中到了这里，整条道路挤满了他们的汽车，我简直想象不出他们怎样才能把车开回家。

厄尼·韦斯特就在新桥附近。他表示愿意让吉米和珍妮特搭他的车回镇上去。沃尔特也跟她们一起回去，他现在喜欢上了站在脚踏板上乘车。汉塞尔把我带到最近的农舍，把我介绍给农舍的主人。

"当然可以！"那对农民夫妇听说我想坐在他们家门廊上翻译东西，马上就同意了。"坐这儿吧，就像在自己家里一样。贝茜，把客厅里的小桌子搬出来，给汉塞尔的父亲用。"

我把德语的文件在那张牌桌（我们在这样的小桌子上打桥牌不是一次两次了）上展开，和威廉一起研究它。显而易见，那个临死前用失神的双眼盯着来自贝希特斯加登可怖小个子[1]的士兵的级别是下士或中士。他一定握有某种指挥权，因为这道命令是发给在美国佛蒙特州执行任务的第一行动组指挥人员的。在纳粹军队中，由于特别注重效率，往往置军队中的繁文缛节于不顾，即使是一个19岁的下士，也可以担任非常精干的行动小组的指挥官。

---

[1] 指阿道夫·希特勒。

策划这些指令的人，对佛蒙特的地理比我还要熟悉，甚至比汉塞尔知道得更多。幸好此时沃尔特·哈林顿来了。他听说我们在这儿，就过来了。沃尔特当然对自己州的每一条小河、每一座山、每一个废弃的采石场都了如指掌，我想他都能叫出大多数旱獭的名字，在他亲密的朋友中至少有十几头熊。

　　于是沃尔特、汉塞尔、威廉和我，我们四个人一起，想勾画出纳粹参谋部人员设想的对美国（希特勒可能会用讥讽的口吻把"美国"称作别的什么）这一地区的入侵计划。出于谨慎，他们尽可能不把入侵伞兵部队的情况透露出来。甚至到今天，我还是不知道这支先头部队是从哪儿来的。我怀疑他们来自新斯科舍，但美国海军在塞布尔岛附近击沉德国远洋舰队之后，侥幸活下来的德国人非常少，所以我们这里这段短命的入侵史也就始终不甚明了。这份留下的文件充分表明，敌人对纽约以北地区的袭击是经过周密准备的。第一行动组12人在佛蒙特的梅特威山谷降落，利用农舍固守在那里，控制从拉特兰通往曼彻斯特的道路。这个行动组的任务是阻断这个州的南北交通以及与尚普兰湖（让人想到泰孔德罗加[1]）的交通，遭到攻击的话，必须坚守到底。这份命令的第一部分都不折不扣地执行了，但佛蒙特人迅速而出其不意的行动，使他们阻断这个州南北交通的预定计划没有实现。

接下去是这份命令最令我们感兴趣的部分。那天下午东部标准时间5点17分，当太阳处于最有利于伞兵降落的位置时（防守的人因为太阳直射他们的脸而很难瞄准），将有1200名伞兵降落在梅特威山谷的这一地区，与已经在那里的第一行动组会合。他们将征用所有车辆，当天7点要穿过多塞特。在多塞特，他们要留下50人和4挺机关

---

[1] 泰孔德罗加是纽约州东北部村镇，位于乔治湖北经拉许特河注入尚普兰湖处。18世纪，法国人在尚普兰湖南岸筑卡里永堡，后被英国人攻占，并改名为泰孔德罗加堡，泰孔德罗加由此得名。

枪，分成两队，一队固守通往曼彻斯特的西大道，另一队将旅店用作堡垒控制东大道。其他人以尽可能快的速度赶往曼彻斯特，因为据悉佛蒙特北部的美国正规军，本周已去参加在纽约州举行的军事演习，由于离得很远，伞兵部队不会受到美国正规军的攻击。

这份德国人的命令继续说，不过美国正规部队能够在8小时内回到佛蒙特。在这8小时中，伞兵的摩托化快速分队能通过阿灵顿和本宁顿，在他们遭到有效阻截之前直插奥尔巴尼[1]。到了奥尔巴尼，他们就可以跟藏在几艘中立国轮船货舱里的德国正规军士兵会合。这些轮船会在那个时候从纽约到达奥尔巴尼，其中两艘悬挂瑞典国旗，另一艘飘扬着葡萄牙国旗。它们在纽约已向海关官员出示自己是中立国货船、要到奥尔巴尼装载货物的证明文件，港口当局已批准放行。一旦占领了奥尔巴尼，德国人就可以控

---

[1] 奥尔巴尼：美国纽约州首府。哈得逊河深水航道北端的口岸，远洋货轮与西至大湖区的驳船的货物转运站。

制整个哈得逊河谷了。

随后的指示将由在纽约设立的高级指挥部发出。这份命令还指示这支闪电伞兵部队的头目，如果机会合适，他们可以抓捕纽约州的州长，把他当作人质，这样的话，与他同族的纽约犹太银行家们就不敢轻举妄动了。

纳粹分子真是不可思议。连可怜的莱曼，美国公务员中最可敬和最有效率的官员，竟然也被牵扯进一份单纯的军事命令，使某个纳粹上校有机会怒骂一切"犹太叛贼"。

这份奇特的文件还有很多别的内容，但已经知道的这一切，足以让我们明白佛蒙特的这片地区所面临的危险。我把脸转向沃尔特。

"听我说，"我说，"你现在还是佛蒙特州的议员吗？"

"不，我已经退出了。我不可能同时又写作，又经营一家药店和一家书店，还要管州里的各种事务。"

"可这里的居民你都认识吧？"

"差不多吧。"

"他们也认识你吧？他们也会把你当作他们尊敬的人，听从你的指挥吧？"

"我想他们会的。"

"那么你就来为我们负责这件事吧。这种事情必须有人出来做主。这个人为什么不是你呢？你最适合干这个。"

"哦，你要我做什么？"

"让我们说得直接一点吧。我没有军事方面的才华。相比现代军队的战略战术，我更熟悉古代特洛伊人和巴比伦人的战略战术。不过我能猜到纳粹分子会怎么想。我觉得有些事情要是你能做的话，就应该试着去做。"

"你说吧！"

"今天下午之前的某个时候，德国人可能会另派一架飞机来查看是否一切都在按照计划进行。"

"我们无法阻止他们这么做呀。我们自己没有飞机。我想整个佛蒙特州都找不出一门高射炮。"

"可能是这样。不过如果你能把那些看热闹的人都赶走，然后把德国人留下的卐旗挂在一棵树的顶上，让他们能从空中看见它，让他们相信事情进行得很顺利。你甚至可以在远一点的地方用汽车围那房子设立路障，就好像我们想要进行防御。飞机注意到这个路障，就会回去报告说一切都按照预定计划进行。"

"很好！"沃尔特说，"可之后怎么办呢？到了1200名德国人开始在我们头顶降落时，我们又能干什么呢？"

"什么叫'又能干什么'？"汉塞尔反问他，"佛蒙特有这么多农民。他们都有枪，他们都会射击。"

"但他们没有义务参加一场正规的战争。他们不是士兵，只是平民。"

"他们当然不是士兵，但民间武装也可以参战吧？你不妨给州长打个电话，他能批准某种征召16岁以上男子参加佛蒙特州民兵的公告。"

"我想我们已经有类似的法律，但一直没起到什么作用。佛蒙特人可不愿去操练和过军人生活。"

"如果听说了今天早晨这里发生的事情，他们就愿意去打仗了。"

"他们当然愿意！"

"既然如此，我们为什么不试一试呢？"

"我们可以试试！在蒙彼利埃[1]，他们都只会表示反对。我们得回到多塞特，敦促哈里行动起来。不知电话是否还打得通。"

"几分钟前还能打通。"

"很好。"沃尔特接着大声招呼站在废墟附近树下的两个健壮的小伙子，"那边的埃尔默和阿特，你们到这儿来。我有事要让你们去做。"

---

[1] 蒙彼利埃：美国佛蒙特州的首府。

他们走过来，但显得很谨慎，走得不是很快。他们是典型的佛蒙特人，不愿意听从任何人的命令。但他们似乎也感觉到这个时候不该斤斤计较他们"宪法上的权利"，所以问沃尔特想要他们做什么。沃尔特以带点幽默的口吻向他们说明情况，对他们说骗骗该死的德国佬是多么有趣，所以不妨假装那些伞兵仍然固守在这里，其实这些家伙早已被深深埋进了黄土，给农田当肥料了。由于那房子完全被树木围绕，它倒塌的情况在几百英尺的高空是看不出来的。那两个年轻农民都咧嘴笑了，他们同意这确实是一个有意思的玩笑。

"德国佬的飞机飞来时，我们还可以打上几枪，这样看上去就更像真的了。"

沃尔特对这个建议不太赞同。"这可不行，"他对他们说，"第一他们听不到枪声，第二不要浪费你们的子弹。接下去它们还能派上用场呢。"

他们表情严肃地点点头。"沃尔特，"那个名叫阿特的人说，"你想得确实很周全。不过我还有一个想法。我们许多人都脱掉衣服躺在地上装死人。那样的话，德国佬会以为房子里的同伙正在大显身手，就不会有任何怀疑了。"

战备会议到此结束。沃尔特明白越是让他们按自己的意愿去做，事情就会做得越好，于是就跟他们告别了。

"再见，"他说，"每件事都好好地去办。"

"我们会好好办的。"说完他们便走到大路上去疏导交通，告诉人们已经决定的事情，解释为何他们现在必须回家去。

至于我们，沃尔特把车停在离大路半英里远的地方，所以很容易掉转车头，10分钟后我们就回到了多塞特。驶过大桥的时候，我回过头看看刚才的战场。卐旗已被系在了路旁一根电线杆子的顶上，正迎风飘扬。那房子完全被树木环绕，即便是在很近的距离也无法看清它究竟是仍然矗立还是已经倒塌。那些炮弹当然炸毁了不少树和灌木丛，但从飞机那样的高度看，根本就看不出来。所以可以说布景已经搭好了。现在一切都取决于沃尔特跟州长交涉的结果了。我在旅店门口跟他告别。

头痛已折磨了我1小时，我有点恍惚，眼睛几乎不能直视了。显然我的老毛病鼻窦炎又犯了。威廉主动为我跑到街对面的药店去买药。等他的时候，我跟约翰和玛丽谈了几句。"今天下午我们需要约翰帮忙，"我对玛丽说，"因为有很多用车的地方。当然确实存在纳粹分子按照他们预定计划行事的可能。要是沃尔特把这里的农民都动员起来，德国人大多数都难逃一死，但这里的人真的不好说。如果他们不是要去打纳粹而是要去打松鼠，什么都无法阻止他们进山去打上一两只。我想今天早晨发生的一切，已足以让他们惧怕接下去要他们做的事情了。

"为了保险起见，你和孩子们还有哈里和他妻子最好去霍洛，到汉塞尔的家里去，在一切平息之前就待在那里。珍妮特有三个孩子，你的孩子和她的正好可以一起玩。我们会去食品店为你们购买足够的食品，格蕾丝可以给孩子们讲她知道的伟大钢琴家的故事，逗他们开心。那样的话肯定很有趣！她还可以给孩子们讲她的爱猫强尼的事情。

"即便德国佬突破我们的包围，你们也不会有危险，因为珍妮特知道有一条小路可以通到霍洛外面一座废弃的林中小屋，在那里藏着不会被人发现。德国人定的计划听起来很不错，但我不相信真能实现。他们还以为自己的对手是挪威人或荷兰人，那两个国家的人无论做什么都要等政府的命令。他们不了解佛蒙特人，可能要大吃一惊了。

"所以等珍妮特来这里买东西，你就让约翰开车把你们都送到霍洛去，今天下午我们还用得着约翰。"这时威廉拿着药回来了，于是我就跟他们道别，祝他们好运，然后就要了一杯水，吞了两个药片，朝楼梯方向走去。其他人都出去在门廊的摇椅上坐了一会儿，想安定一下自己的神经，因为过去的18小时实在太刺激了。

可就在我忍着疼痛爬了几级楼梯后，看到旅店经理在向我做手势，他想要我到前台去。

巴鲁克·科恩太太

"我想问您一点事，"他小声说，"只需要一分钟。"我身体靠着前台，感觉很疲劳，那桌子在我的重压下呻吟。"到底什么事？"我问他。

"打扰您了，真对不起，"他向我道歉，"可那个女人刚才出去了，在她回来之前我可以放心说话。我想，在纽约您认识很多人吧。您认识一位科恩太太吗？"

我对他说："在纽约有大约300万叫科恩的人。电话簿上'科恩'这名字占了一半，有C字母打头的，有K字母打头的。你问的是哪个科恩？"

"她自称巴鲁克·科恩太太。"

"对不起。我知道有一个巴鲁克·德·斯宾诺莎[1]，但他没结过婚，很久以前就死了。这个神秘的科恩太太怎么啦？她有点神秘吗？"

"不错，神秘得都让我受不了了。哦，也没有什么，她很正常的。她支付账单，也没喝醉过，她连犹太人都不是。也许她有一半犹太血统，可我不知道。那天，她的一只行李箱上有个标签脱落了，我注意到箱子皮面上压了一个皇冠标记。很大的一个皇冠，看上去很像是贵族的那种。但这与她的身份不太相配。"

"她说她自己是什么人？"

"她是由波士顿一个非常体面的家族介绍来的。他们给我们写信，提及他们的一个朋友，告诉她到来的日期，却没提她的名字。"

"你听我说，"我对经理说，想把这事快点解决掉，

---

[1]　巴鲁克·德·斯宾诺莎（1632—1677），荷兰17世纪哲学家，唯理性主义者。

"我的头痛死了，再说我们也不是生活在德国。我们不信奉那种东西。当我们划出种族的界限时，得非常谨慎才是。在我看来，如果这个科恩太太真的叫科恩，那她为什么就不能用这个名字登记入住呢？"

"可她如果不是犹太人，为何要这么做呢？对此我迷惑不解。这里经常遇到的情况是，本来是犹太人的人想要我们相信他们不是犹太人，还没遇到过不是犹太人的客人却坚称自己是犹太人！这令我感到很不安，尤其是现在大家都在谈第五纵队之类的事情。"

"你对这个女人了解多少？她有丈夫吗？她离婚了？巴鲁克·科恩太太——不，很抱歉，我没听说过这个人。"

"她对我们讲了很多她丈夫的事情。他是威斯巴登[1]的一个医生，被纳粹分子关进了集中营。她在美国有朋

[1] 威斯巴登：德国西部黑森州首府。地处莱茵河右岸，陶努斯山南麓。

169

友，他们给她寄钱。她贿赂了看守，她丈夫才逃了出来。这听起来不像真的，跟在杂志上读到的故事不一样。后来她将他带到了美国。由于她丈夫曾受尽虐待，所以很快就去世了。丈夫的死使她痛苦万分。给她看病的医生说她需要好好休息一下。波士顿的朋友劝她来这儿，他们甚至为她付钱！如果她说的是真话，她现在非常穷。可恨的纳粹分子抢走了她所有的钱。"

"这听起来似乎相当合乎情理。纳粹分子抢走他们能拿到的一切。我不懂那有什么奇怪的。"

"这些当然没什么奇怪的。现在就到了她的故事最令人费解的部分了。她声称自己穷得很，只能住纽约东139街的一个单间公寓。当然这很悲惨。但如果她真的住在东139街，为什么她的邮件都是用纽约一家极豪华旅馆的信封寄过来的呢？"

"哪一家旅馆？"

"广场饭店。"

"这可是一家很好的旅馆。"

"谁说不是呢，不过住在那里可费钱了，既然是从东139街单间公寓来的，她的邮件为什么却要从广场饭店转寄过来？"

我根本看不出这位犹太裔德国难民的孀妇有什么特别神秘的地方，即便她住在东139街某个地方，而她的邮件由纽约最豪华的旅馆转送。也许那些为她支付多塞特账单的波士顿朋友此时就在纽约，就住在广场饭店。

"还有别的情况吗？"我问那位经理。因为我知道那些想象自己是夏洛克·福尔摩斯似的大侦探的家伙，发现公寓桌上的可疑斑点不是血迹而是前住户（一个会计）留下的红墨水痕迹，他们该多么失望。

"您还想知道什么？"

"她整天都做些什么？她很喜欢跟人交往吗？"

"说不好。当别人先对她说话时，她显得很友好。您懂我的意思吧。但多数情况下,她似乎更喜欢独自待着。她老是去散步,她说这是出于健康的需要,让她的体重减下来。可我注意到她总是走同样的路线。她一出旅店就往左拐,然后走那条通向山谷的道路,再从另一条道路返回,因为她总是从右边回来。

"有一天她对我说,她被我们这里的美景迷住了,问我是否有人从空中拍过多塞特的照片。我说好像纽约有一家公司曾来拍过几张这样的照片,并答应帮她去找一找。我问她想要多少张,还有她肯出多少钱。她说付多少钱她倒不在乎,因为波士顿的朋友会连同她的账单一起付的,重要的是她想得到这些照片。尤其是山谷中那些可爱的遮着树荫的道路和风格独特的老桥。她好像很喜欢我们佛蒙特的老桥。它们可没有给我留下什么风格独特的印象,因为5年前那场洪水之后,大多数的老桥都已重建了,都用坚固的水泥建成。它们连一点装饰都没有,只是单纯的水泥桥而已。不过当时我对自己说,也许她是一个桥迷。这跟别的人不一样，许多人来这里是为了看教堂和古树。这跟我有什么相干？如果她想把很多钱花在水泥桥的照片上，那是她自己的事情，跟我毫无关系。"

我想从另一个角度入手。"有很多人来看她吗？"我问。

"来看她的人不多。大概每隔一天有一个人开着一辆挂纽约牌照的小型跑车从曼彻斯特过来，跟她待上几分钟。她和这位年轻朋友似乎彼此喜欢。他总是给她带一包东西，同样的东西。我感到好奇，叫女仆打开她的壁橱看看。女仆说是糖果，十几盒非常贵的糖果。这种糖果可不是住在东139街的人能经常享用的。"

"那条街似乎令你很不安。"

"确实是这样，我得承认。这是她的情况中唯一说不通的地方。"

"你的意思是，你觉得她显得有点聪明过头了？"

"她确实有点聪明过头了。如果她说她住在广场饭店，我不会有别的想法的。我们接待的客人中有很多在那里住过。可当某人登记自己住在市营出租公寓，他不可能对你说他的仆人随后会把行李送来这种话的。"

我还是搞不懂这位经理想要暗示什么，于是便努力去想一个训练有素的侦探在这种情形下会怎么做。我问他能否让我偷偷进入她的房间，亲眼看看那些神秘的糖果盒子里究竟装了什么。它们也许能给我们一点线索。一个每天需要散步两小时来减轻体重的女人，是不会吃那么多糖果的。没错，我确定那些糖果盒子能透露一些情况。那经理说："您当然知道让陌生人进入客人的房间，那是绝对违反规定的。我想这甚至是犯法的行为。上面的人要是发现有这种事情，他们会解雇我的。不过您去吧，门可能开着，右边第三个房间。您动作快点好吗？快到她散完步回来的时候了，不过要是她回来，我们会在您出来之前缠住她的。看在上帝的份儿上，您快去，快点啊！我们可不想闹出乱子，我也不想被人解雇。"

我上楼的速度也许稍快了一点，好在我吃的药已开始起作用了。女仆正在别的地方忙碌，右边第三个房间门开着。我一眼就看出来，住这个房间的人是习惯过奢侈生活的。梳妆台上的发刷和梳子看上去可不像是来自东139街的人使用的。在一面小镜子背后，我注意到有一个皇冠标志。我匆匆数了一下皇冠尖角的数目。对一个逃难过来的犹太裔德国医生的孀妇来说，皇冠上的尖角未免太多了。壁橱的门半开着，好些糖果盒子整齐地摆在里面。我取出一盒。感觉这装五磅糖果的盒子太轻了。我急忙把它打开。盒子里填了许多棉絮，我看见中间位置有一小根黑色的香肠模样的东西。我知道逐日增加的这种香肠模样的东西，可以把整个安蒂奥克学院[1]的校园炸得稀巴烂，它们是甘油炸药。

---

[1]　安蒂奥克学院：美国俄亥俄州耶洛斯普林斯的一所私立高等学府，建于1852年。1922年至1923年，房龙在俄亥俄州的安蒂奥克学院任历史学教授。

我又拿起一盒。我有这方面的知识，知道只要不猛烈摇动或用锤子敲打，它就是完全无害的。不过，要我今晚睡在藏有12根甘油炸药棒的房子里，这可不是闹着玩的。

我赶紧把事情简单估摸一下。这个女人曾住在广场饭店，她可能有一半的犹太血统，但却要假装成100%的犹太人。她对跨越从奥尔巴尼通往拉特兰道路的桥梁非常感兴趣。这个女人一直在接收伪装成糖果的成包的炸药，现在她藏在房间里的炸药已足以把我们全都炸到天上去。

想起那位经理叫我快点的警告，我便回到了旅店前台。那位经理正用打字机打一份电报。"这是发给她的。"他压低声音说，等他打完了，在他用电话跟电报局核对的同时，我也听到了电报的内容。这封电报是从华盛顿发来的，电文是："现在你已有你需要的足够糖果。明天的比赛万事俱备，我们期待你的到场。所以今天下午3

点过后，你的朋友海因茨和阿尔弗雷德会来找你，带你去比赛现场，他们能帮你处理掉部分糖果。（签名）西格蒙德。"

"他们很聪明是吧？"我对经理说。

"是的，可我还是不明白。电文直白极了，意思也好懂，除了糖果不知指什么。"

"你看不出来吗？在他们的电报里，糖果的意思是炸药。"

"您肯定吗？"

"我敢肯定。"

"那么，我们最好逮捕这个女人。只是现在找不到逮捕她的人。这里的治安官可能会说他没这个权力。再说，我看到他跟别人一起出去了。"

"也许可以叫联邦调查局的人来逮捕她。如果他们一时来不了，奥尔巴尼必定还有留守的警察局长。他有权干这个的。"

"怎么做呢？要他抓人的话，我们必须提供一些理由吧。"

"没错，我已经写下来了，以备万一。"

"太好了。您真了不起！还有一件事要做。您来跟奥尔巴尼的人沟通吧。"

"可我们怎么把她弄到奥尔巴尼去呢？毕竟我们不能绑架她，所以，怎样才能让她自己去奥尔巴尼呢？"

"当然这只是我们的猜测，但不妨把她想成我们所怀疑的样子。那么她肯定不想逃到加拿大去。在加拿大，他们抓住间谍是要枪毙的。在我们这儿，谁想枪毙间谍，就会有很多人给国会写抗议信，到最后还得给当间谍的发养老金。所以她毫无疑问要逃往奥尔巴尼，再从那里逃到华盛顿去。"

"是的，"那位经理显出恼怒的模样，"这些我都明白，可您怎么让她马上就去奥尔巴尼呢？"

"我有一个主意。给我一张旅店用的纸，还有一个信封。"

"大厅的桌上就有，您自己去拿吧。"

"谢谢。只要一会儿工夫就行了。等她进来的时候，把我写的字条交给她。"

我在一张纸上写了几个字，等字迹干了就把字条塞进一个信封，并在信封上写了那女人登记入住时用的名字。那经理刚把字条放进她的信箱，她就走进了旅店。

"有我的邮件吗？"她用浓重的德国口音问。

"太太，有一封电报，还有一封信。几分钟前才送来的，我指的是那封信！"

"谁送来的？"

"很抱歉，太太，我不知道，是旅店的伙计收的信。"

那女人打开信封，把那张纸展开。我佩服她的自控能力，她连一点不安的表情都没有流露出来。她默默将那张纸塞回信封，然后连同电报一起放进她的手提包。"你真的不知道是谁把它留在这里的吗？"

"真的不知道，太太，不过那伙计回来时我会问他的。我叫门童去找他。"

"不必了，"她打断了他的话，"不过你可以派门童通知汽车间我马上要用车。我要去曼彻斯特，因为有几个朋友要过来看我。"

"请原谅，太太，我想火车都停运了。"

"我知道。就因为今天早晨报纸上那些好笑的报道吧？我可不想批评这个国家的任何事情，可有时候，你们美国人真有点歇斯底里，你说是不是呀？"

"嗯，"那位经理答道，他似乎很有兴致，"你知道我们是怎么回事。我们是一群古怪的人，经常需要有一点刺激。"

"没错。对此我有点感觉了。我想那门童很快就回来了。午餐时不用等我。如果火车晚点的话，我可以去春分餐馆用餐。"

"很好，太太。"经理用十足的奉承口吻说。

"谢谢。"她说，以嘲讽的姿态向我们俩鞠躬（因为她刻意要把我包括进去），"下午再见。"

说完，她就离开了旅店。我从窗口看她。她上了汽车，给了门童小费，然后车就开了。汽车上了石头铺成的通往曼彻斯特村的路。

"谢了。"我对那经理说。

"不用客气。"他回答。我往外走去，走向街对面的电话局。几个月后我碰巧在纽约的旅馆见到那位经理，他冬季在那里工作。我问他："我们那个德国朋友怎么样了？就是那个医生的孀妇，你应该记得她的！巴鲁克·科恩太太！"

"我当然记得！我照您说的做了，给奥尔巴尼打电话。我打给那里的警察局长，向他说明了情况。他是个善解人意的家伙，说他会照看她的。他真的这么做了。几星期后，等局势恢复正常，我就去了奥尔巴尼。那天我开车去那儿，出于好奇，就直接去问他了。联邦调查局的人似乎对她的情况一清二楚。他们在路上等候，想在本宁顿那边逼停她的车。她一定是知道自己跑不了了，就开足马力对着一棵树撞过去。"

"她死了吗？"

"她并没有当场死亡，不过两天之后死在本宁顿的医院里。她一定是很危险的人物，因为司法部特意给我送来一封信，对我提供的'极有价值的服务'表示感谢。有机会我要把那封信拿给您看看。现在请您告诉我，您在那张纸上写了什么？怎么就让她警觉起来，并想到要逃跑？我问过联邦调查局的人，但他们不会告诉我的。他们对我说这是不能泄露的秘密。我一直想知道那张纸上到底写了什么。"

"是萨尔茨堡附近一座城堡的名字。它过去属于一个名叫马克斯·莱因哈特的人。你一定听说过他。他现在在好莱坞呢。在纳粹吞并奥地利后，他们夺走了莱因哈特的城堡，并把它转给了这个女人，以感谢她在奥地利为他们立的功劳。"

"我懂了。可您怎么就想到这座城堡了呢？您脑子真够灵的！"

"灵不到哪儿去，我只是有时看看美国反纳粹宣传委员会收到的报告。我是该委员会的理事。这件事发生的前一周，我们接到很多关于这个女人的报告。你说的不错，她可是个人物！如果我们不干掉她，鬼知道这里会发生什么。"

"我很好奇，那个城堡叫什么名字？"

"告诉你你也记不住。你非要知道的话，它叫利奥波德斯科隆宫[1]。"

这是后来发生的事情了。还是回到那女人离开旅店的

---

[1] 利奥波德斯科隆宫：位于奥地利萨尔茨堡南部近郊，是当地最美丽的洛可可式建筑，修建于1731年。

时刻。我上楼回自己的房间，脱掉外套和鞋子，躺下休息了一会儿。吃下去的药效果明显，我很快就睡着了。1小时后，有人拉窗帘的声音把我吵醒了。

佛蒙特民兵

"该起床了，"威廉大声说，"你头痛好点了吗？"

"不痛了。楼下情况怎么样？"

"没问题。平静得就跟什么都没发生过似的。有十几个老妇人乘两辆车过来，在这里吃午饭，被告知去拉特兰的路不通时，她们非常生气。她们威胁说要给州长打电话，向他投诉，还说要把电话打到美国总统那里，打到最高法院，把电话打给每个人！她们有权利使用这条公用的道路。诸如此类，叨叨个没完。经理问她们是否读过报纸，是否听到了一些有关战争的消息。她们回答说她们正在度假，她们度假时不读报纸，也不想读报纸。至于德国人跑到这里入侵了美国的愚蠢传闻，全都是罗斯福的恶毒宣传。她们吵吵嚷嚷离开了旅店，不顾一切地要去拉特兰。没走多远，拐角那边的人阻止她们通过，她们只好回到曼彻斯特中心，发誓以后不会再到新英格兰来度假了。只有这件事，再没有别的新闻了。

"好了，你先梳梳头发，然后还是跟我到街对面去吧。沃尔特和汉塞尔在亨利·利特尔的办公室用电话联系人呢，联系的不只是佛蒙特那些我认识的人。吉米和珍妮特也来了。吉米记录下这些电话，珍妮特帮她核对姓名。这女孩好像谁都认识。约翰里外跑腿。我们的那位沃尔特正在运送民兵的路上。哈里留守霍洛的房子，我出来时看见格蕾丝正劝说詹尼从屋顶上下来，这孩子想在屋顶上打死几个德国人。德克溜出门去跌进水塘里，皮埃特把他捞了起来。我离开时，帕婷尼正在厨房炉子前烘他的湿衣服。哈里的妻子正忙着给大家做午饭，她似乎是个很出色的厨子，而且孩子的事情也都懂。玛丽忙着照看她自己的孩子，哈里对我说他刚有了一个极好的想法，那是一部有关伊桑·艾伦、格林山兄弟会[1]以及在这些坚强的开拓者身上泰孔德罗加精神[2]如何长存之类内容的历史巨著。一切都那么快乐和安宁，除了可怜的小狗庞比，周围有了那么多人令它过于兴奋，走路时直接就撞上了一只臭鼬，现在它被关在谷仓里，正被洒水器冲洗呢。将军先生，这就是我的报告！现在穿上鞋跟我过马路吧。"

在旅店对面的小房子里，我看到的一切正像威廉对我描述的。约翰和我走进办公室。亨利说："别拘束，找地方坐吧。"说完，他继续摆弄电话插头。

"干得怎么样？"我问沃尔特。

---

[1] 格林山兄弟会：美国独立战争时期，1770年在今佛蒙特州本宁顿城为对付纽约州执法吏团成立的民兵组织。胜利的民兵用桦条鞭打纽约州的入侵者。美国在独立战争中的第一次进攻，就是100名格林山兄弟会会员和100名非会员在1775年5月10日攻占泰孔德罗加要塞。1777年8月4日，英国伯戈因将军的部队为袭击军火库和收集军粮而入侵本宁顿，他们遇到了爱国民兵的抵抗。

[2] 指民兵武装抵抗入侵的战斗精神。

"很不错。"珍妮特说。

"到目前为止已经打了381个电话。"吉米说。她眼睛盯着那张记录用的纸，连头也没抬。

"州长怎么说？"

"他叫我们大胆去做。"

"你认为那些人最早什么时候到？"

"我们告诉他们来这儿。其中有些人没有汽车或者汽车坏了。我们要请你的朋友为我们做点运送工作。"

"没问题，"约翰说，"只要有个人给我指路就行。"

"我们有童子军，城里的每个孩子都急于想做点事。我们会给你配上你需要的向导。"

民主政体开始平静而有效地运转起来。

4点的时候，主大街上排满了汽车。新到的人被告知将他们的汽车停在树下，这样在空中就看不到他们了。沃尔特·哈林顿在那里给他们下了最后的指示。"伙计们，你们得徒步走大约半英里，"他说，"但对你们来说这不算什么。在第二座桥附近，那里的两个人会告诉你们该干什么。都带枪了吗？"

"带了。"

"那么，祝你们好运吧。当他们开始降落时，你们就把他们想成松鼠，可得给我瞄准了。"

"那些德国人都是大屁股，"一个农民说，"从后面打那些杂种更容易些，效果一样好。"

"嘘！"威廉警告他，"这里有女士，说话注意点。"

吉米和珍妮特私下里的议论可不是高雅女士该说的那种。可这种话正中要害！

我在随后的3小时中见到的一切是我终生难忘的。在美国其他地方，那种传统的自立自主和酷爱自由的精神可能已经消亡了。纽约的乌合之众一见危险的迹象就仓皇逃窜，他们也许代表了新的精神，这种新精神彻底消泯了美国人的战斗意志。而在这里，在佛蒙特，却继承了伊桑·艾伦和他的民军抵抗不可一世的英国人的时代的精神。

那些农民，无论男人还是女人，个个都那么非凡出众。感谢上帝，我来到了这片土地，哪怕只是过那么一天也值得。如果说世界上一切成功的事业都必须依靠某种纪律的话，那么在这里，人们既出人意外又绝对自然地接受了这种纪律。那些获得指挥权的人就是因为真的最适合这样的职务，他们被公认有足以担负这个责任的能力。一旦成为这支杂牌军的领导人，他们都知道如何行使这种权力。不需要高声喊叫，也听不到激烈的争吵。他们用轻松愉快的语调下命令，下命令之前都要加个友善的称呼，比如"嘿，迪克"或"嘿，埃尔默"（真奇怪，这一带有那么多叫"埃尔默"这个名字的人），然后是"你去做什么什么好吗？"那个迪克或埃尔默只是嘟哝一声或说一声"好嘞"，就按照吩咐去做了。不需要再有别的什么了。

现在是五点一刻。村子里到处都停着汽车。从1916年至1940年，哪年造的都有。按照指示，所有的车都停在树下面。这意味着要毁掉很多美观的草坪，但好像没有人在意这个。必须这么做，这样在空中才看不到那些汽车，大家都明白这一点。即使要毁坏好看的灌木和花圃，在接下去的一两年也长不出来，这再坏也比不上让纳粹分子入侵自己的家园。

村子里的孩子都已撤离。大人告诉他们要去丹比采石场远足，他们都觉得还没到国庆日就有机会去野餐，这样的安排很不错。由于丹比采石场是在大理石矿山的中心，比圣彼得大教堂[1]加上周围广场还要大，孩子们在那里很安全，而且还有足够多的妇女跟他们一起去，照顾他们的生活，给他们准备吃的，还带了许多毯子，以防在那里过夜时受寒。其他妇女留在村里，因为她们没别的事可做，

---

[1]　指梵蒂冈的圣彼得大教堂，1615年建成。教堂前有围着柱廊的椭圆形广场。

就动手做炸面圈和煮咖啡。

就在五点前的几分钟，约翰开车送威廉和我上了通往梅特威山谷的道路。五点刚过几分，我们听到了螺旋桨的轰鸣，于是约翰把车开到树丛底下，在那里等待。我们的视野朝前方可达好几英里。山谷像是完全废弃了，空寂无人。电线杆子顶上的纳粹旗帜在微风中愉快地飘动。远远的散落着几辆汽车。从空中看的话，他们一定以为这些汽车是在那里监视德国人固守的农舍。一切都按照沃尔特·哈林顿的吩咐不折不扣地做了。

一架德国飞机在埋葬那些纳粹分子尸体的地点上空盘旋了两圈，就把机头压低了，扔出了什么东西——它悬挂在一个小降落伞下面，还喷出了三团黑色的浓烟向他们英勇的同伴（其实早已丧命）致意。随后，飞机就又在格林山脉背后消失了。

等飞机飞走之后，我们把车开向那农舍。具有讽刺意味的是，那顶小降落伞正好落在埋葬德国人尸体的地点。

挂在下面的是一根圆的钢管，里面有一封信，当然是用德文写的，所以马上就送到我手里要我翻译。信很短。新斯科舍的司令部宣布，由于无法避免的情况，总攻击要推迟到今晚7点，这段时间这12人的行动小组必须尽力坚守。

约翰用车把我们送回村里，珍妮特仍在用电话联系当地人请求支援。我把那道空降的命令交给沃尔特。

"真是太好了！"沃尔特说，"那样的话，就有两小时的时间把我们的人分布到山谷各处了。"

"还有很多人要来吗？"

"到目前为止大概有900人了。"吉米回答。她抽着烟，一只手拿着那张计算人数的纸。

"棒极了！"珍妮特在屋角的桌边欢呼道，"那一定很好玩儿！"那确实会很好玩儿，但对那些德国年轻人来说可一点也不好玩儿。德国人认定这又将是一场轻而易举的胜利。此时他们正在登机，降落伞整齐地系在他们的后背上。

按照通常的说法，著名的梅特威山谷之战已揭开了序幕。

至于接下去的一幕，简直可以称为"大屠杀"了。由于当时的情形在历史书中被多次描绘，具体情况我就不再详细叙述了。傍晚6点半的时候，大约900名佛蒙特农民藏在树丛和石墙后面，甚至蹲在小河岸边的芦苇丛中，准备痛击来犯之敌。

7点刚过，大批德国飞机出现在了东北方向。它们飞得很高。由于山谷中没有任何人活动的迹象，德国人就认定一切很安全，把飞行高度降到了600英尺。到了指定的时刻，每架飞机似乎都打开了舱门，几百捆东西被抛到了空中。刹那间，每捆东西分成了两件——一顶黄色的降落伞优美地伸展开，在另一端则是一个人，正努力要把自己的身体直起来。然后这些人和降落伞就缓缓飘向地面了。当其中降落得最快的（因为他们降落的速度各不相同）离地还有约100英尺的时候，一声枪响划破夜空。降落伞下面的那个人身体突然一颤，古怪地转了几个圈，像木偶似的两条腿摇摆起来，然后头猛地就垂到了胸前，整个身体犹如一只死鸟，无力地挂在稻草人的胳膊上。

你也许要问我："这一切都是你想象出来的吧？那都是瞬间发生的事情，你不可能记得所有这些细节。"

要是那天我只是目睹一个人被杀，我肯定不可能记住所有这些可怕的细节。但在接下去的45分钟内，仅在多塞特和波莱特之间，就有800多德国伞兵不是被击毙就是被击伤。其他的都被俘。有几个还想抵抗，被当场打死。

等到最后一架飞机飞远之后，我们开始清点死亡、受伤和被俘的人数。吉米又忙于统计人数。"别给我他们的香烟，"她向我恳求，"我恨死这些东西了。可要是你找到他们用的小刀，我想要一两把。它们特别适合用作打开信封的工具。"

当天夜深的时候，经过她再三地仔细核对，统计结果终于出来了。后来证明这些数字准确无误，她那些银行存折的准确程度也不过如此。

德国伞兵降落时被击毙的或后来重伤致死的人数	321人
受伤送进美国医院的人数	261人
想占据农舍抵抗而被打死的人数	63人
同上情况受伤的人数	92人
因拒绝投降在他们占据的三座农舍中被烧死的人数	12人
活捉后被送往拉特兰并被关进当地监狱的人数	132人
总计	881人

我方：	
被德国人打死的人数	23人
被德国人打伤的人数	56人
总计	79人

在上面我方的统计数字中还应该加入3个人。这3个人

是在庆祝第二次本宁顿战役胜利时误伤的，但他们的伤势都不严重，第二天就已经能自己想法儿回家了。

好几头无辜的熊也成了人们宣泄对纳粹分子的愤怒的牺牲品。因为几个星期以后，人们仍然处于恐慌之中，无论看到的是一头熊还是一头鹿，有时甚至是一头牛，他们都容易误以为是德国伞兵正悄悄穿越灌木丛。在这种情形下，人们一看到可疑的影子就会开枪，这对德国人来说，当然是晦气的日子，同样对远比德国人友善的熊也是如此。

尾 声

这里的危险刚刚过去，我就开始为聚居在霍洛的人担忧了。我叫约翰开车送我过去，因为他也开始为他的妻子和孩子感到不安了。珍妮特跟我们一起去。吉米要和沃尔特、汉塞尔留在村里，继续跟统计数字较劲。她不把事情做完就不愿离开。

于是我们回到了多塞特，快到巴洛斯宅时向左转，就在这时我们的心突然要停止跳动了。一架德国飞机正飞行在霍洛的上空，当它飞到居民区时，投下了一件东西。

"约翰，你还是加快速度吧，"我说，"要么还是让珍妮特来驾驶。她熟悉这里的路况。"

珍妮特和约翰换了座位（天知道他们是怎么做到的，因为他们都没想到要停一下车），我们便加速往山上的房子驶去。珍妮特脸色都发青了。"我们真不应该把他们留在那里，"她带着哭腔说，"我对哈里说过汉塞尔的猎枪在什么地方，也告诉了他如何使用，可他可能活到现在从未开过枪。"

　　我们的车停在谷仓和房子之间。我们看见哈里夫妇、玛丽、黑人女仆和所有的孩子都站在不远处晒干草的场地上，在看地上的什么东西。

　　"孩子们，"珍妮特喊道，"你们都没事吧？"

　　"啊，妈咪，"詹尼用他又大又尖的嗓门儿叫道，"过来看呀！一个德国人，他死了！"

　　皮埃特看上去不那么兴奋。德克摘了一些花，给了"史密斯夫人"。

　　"出了什么事？"珍妮特问。

　　哈里看上去有点羞怯，他说："恐怕是我的错。这是浮士德的台词吗？或者是哈姆雷特的？你们看，这个家伙突然从天上跌落到了这里。接着他站起来朝房子走去，手里还拿着枪。于是，珍妮特，我就照你说的做了。我端起你给我的枪，扣动了扳机。这一定是初学者的好运了。"

"真是这样！"珍妮特看着德国人两眼之间的小圆孔，表示赞同。"我想我们最好带这些孩子进屋去。来吧，孩子们，该吃晚饭了。"

哈里平时连一只苍蝇都不愿伤害，也不会去抓一条鱼，因为他可怜这种容易上当的生物，现在却可以在这支猎枪的枪托上刻上一道痕（因为珍妮特要把这支枪送给他作为纪念）。不过哈里谢绝了她的这个礼物，他说："你的心意我领了，但家里放这么个东西会令我不舒服。我还是相信人生下来不是为了自相残杀。"

到这里，我这份旧手稿中的冒险故事就结束了。当时我好像还保存了关于接下去三个星期发生的事件的详细记录。因为我找到的记录中有关于新斯科舍附近的一场海战，就是所谓的"塞布尔岛[1]之战"的内容。在这次海战中，美国海军一个由巡洋舰组成的分遣舰队，在几百架飞机的帮助下，向德国舰队发起进攻，并击沉了大部分敌舰。这样一来，在新斯科舍南岸雅茅斯附近降落的德国空军就陷入了孤立状态。

我又找到了不少出自《先驱论坛报》（即现在的《论坛时报》）的剪报，该报最先详细报道了美国空军的战况。大约200架原先驻扎在百慕大以应对紧急情况的美国飞机，出其不意地对有严密保护的40艘德国运输船发起攻击。这个运输船队显然要开往纽约或巴尔的摩。美国飞机击沉了其中的27艘，并迫使剩下的船仓皇逃命，如果不是突然间天降大雾帮了德国人，美国空军本来可以取得更辉煌的战绩。

---

[1] 塞布尔岛：大西洋一沙洲，在加拿大新斯科舍省沿海，属该省。

还有关于我们的两个朋友在第二次新奥尔良战役中阵亡的公告。在这次战役中，2万民兵在5000正规军的协助下，将6万名德国人阻截在海湾，直到从亚拉巴马州伯明翰和佐治亚州亚特兰大训练基地出发的150架飞机赶来相助，他们才脱离险境。

同时，驻扎在路易斯安那州什里夫波特的飞机击沉了几艘德国运输船。这些运输船先是集结在墨西哥的坦皮科，几天前在大约60艘德国潜艇的保护下穿越墨西哥湾，突然光临新奥尔良。这60艘潜艇神出鬼没，击沉了30艘美国鱼雷艇中的19艘。美国鱼雷艇的职责是在墨西哥湾北部巡逻，以防这类袭击的发生。没被击沉的鱼雷艇开往莫比尔，将伤员送上岸（在这场灾难中我们损失了900多人），然后又开到海上去了。鉴于德国潜艇在数量上占绝对优势，它们紧贴着海岸行驶，直到抵达密西西比河口。途中又损失了5艘，其他鱼雷艇安全进入密西西比河，他们将在那里找到的6艘商船弄沉，从而完全堵塞河道。所以那些德国运输船虽然从什里夫波特的空袭中逃脱，这时却不可能驶向墨西哥湾了，于是这些船只和第二次新奥尔良战役残留的军队被迫向美国军队投降了。

让我们再回到那个简直可以说具有历史意义的棕色信封，它主要装的是我个人对那场大入侵刚开始的48小时的回忆。我在信封中还找到了许多别的保存至今的有意思的内容。但所有这些内容如今已是人人皆知的东西，早就被编入了学校的教科书，所以没必要在这里重复了。我答应给你们讲述我们自己在大入侵中的冒险经历，现在我已经讲完，该向你们道别了。但请你们记住这一切，过去发生过的，将来也许还会发生。

我们在经历了因为自己的疏忽和冷漠而几乎失去自由的事件之后，又对这个国家充满了爱。如果你们也深爱这个国家，就能自己总结出经验和教训了。民主政体与任何别的政体相比，它的生存更加依赖以下两点：一是始终不懈的戒备，二是全体国民不仅要甘心情愿和心怀忠诚地将他们的力量献给祖国，而且在必要的时候，可以将他们最宝贵的生命献给祖国。

作者附言：致美国同胞

这本书中的故事都是虚构的，也就是说书中记述的内容并未真的在所提到的地点发生过。但从某种更为广泛更为重大的意义上说，书中的事情又不是虚构的。在突然遭纳粹袭击和侵扰的那些欧洲中立国家发生的事情，现在让它们在美国的背景下重新进行评估。我已征得好友们的同意，允许我将他们用作这出小型情节剧中的人物。他们的名字取代了作为本书人物原型的挪威和荷兰的朋友们的名字。这样你就等于读到了那些不幸国家遭入侵的故事了。

我还记得，直到最后的时刻，那些可怜的受害者还不相信灾难将临，他们一直给我写信说："不必为我们担心。德国人绝不会伤害我们的。他们已给予我们庄严的保证，会尊重我们的中立和自由。所以不要为我们担心，这里绝不可能发生那种事情。"

唉，第二天早晨他们就被德国巡逻队在街上行进的脚步声惊醒。一个星期后，他们彻底失去了原有的自由。从理论上说，这种事情当然根本不可能在那里发生，可希特勒和他的党徒对理论毫无兴趣。他们相信先下手为强，杀了人再说，至于相关的解释不妨拖后。他们经常都觉得没必要做什么解释，因为在他们看来，他们的所作所为是一项神圣的使命，那些敢于反抗他们的人就不配活着。

美国很快就得面临抉择——我们究竟想要走哪条道路。所以我才写了这本书。

我们本土的纳粹同情者（德国人仅占了其中很小的比例，大多数德裔美国同胞如今就跟上一次大战时一样忠诚）将会对本书"鼓吹战争威胁"和"播撒仇恨种子"掀起抗议的热潮。因为他们，我对书中描述的每一个事件可能遭到的攻击都做了相应的准备。我收集资料时要求有绝对可靠的来源，对从剪报和私人信件中获取的零碎消息，都要经过仔细核对和比较。还有不少口头描述，是奇迹般逃脱的人们（就像书中我们父子所做到的那样）提供的。

亨德里克·威廉·房龙

附录：老房龙的战争

成为畅销书作家

　　1882年1月14日，亨德里克·威廉·房龙出生于荷兰鹿特丹一个富裕的家庭。1902年，房龙跟随舅舅移民美国，成为康奈尔大学（Cornell University）的插班生。次年，他转至哈佛大学，一年后因学费太贵又回到康奈尔大学。1905年，房龙在康奈尔大学取得文学学士学位。经校长安德鲁·怀特的推荐，他在美联社成为该社的纽约通讯员，并在哈佛大学读研究生。1906年，他和出身波士顿名门的伊莱扎·英格索尔·鲍迪奇结婚。1907年，房龙开始在德国慕尼黑大学攻读博士学位，但由于身体原因，直到1911年才在慕尼黑大学获得他一直渴望的历史学博士学位。随后房龙夫妇带着他们的两个儿子汉塞尔和威廉返回美国。房龙将自己德文的博士论文改写成英文的通俗历史著作《荷兰共和国的衰亡》。他的这本处女作1913年由霍顿·米夫林公司出版。该书颇受书评界赞扬，但其题材未免太狭窄了，结果只售出了不到700本，于是就有了出版商充满怜悯的话语："我想在街上开公交车的也比写历史的挣得多。"不过有一位芝加哥的书评作家看到了房龙写法的新颖，预言要是历史都这么写的话，"不久历史书将名列'畅销书目'"。正是以《荷兰共和国的衰亡》为开端，房龙逐渐形成了一种描述历史的独特风格，并在此后他重要的著作中贯穿始终。

　　1915年，房龙以讲师的身份，在康奈尔大学教现代历史。1919年他取得美国国籍。1919年6月，博尼和利弗奈特公司与还没有多大名气的房龙签署协议，请他写一本有关"古代的人"的带插图的少年历史读物。《古代的人》完稿后，慧眼独具的出版商霍雷斯·利弗奈特为这本书大做广告，打出了"房龙少年系列历史读物"的招牌。《古代的人》在圣诞节前的几个星期，取得了日销100册的骄人成绩。有了《古代的人》这块坚实的铺路石，才会有一年后《人类的故事》里程碑似的巨大成功。

1920年是房龙个人生活发生巨变的一年。他跟伊莱扎·英格索尔·鲍迪奇离婚，同年又和伊莱扎·海伦·克里斯韦尔（吉米）结婚。

继《古代的人》之后，房龙并没有接着写"少年系列历史读物"，而是应利弗奈特的约请，写一部从人类的祖先一直到刚刚结束的第一次世界大战的大部头的带房龙自绘插图的历史书——《人类的故事》。当时英国作家H. G. 威尔斯的《世界史纲》在欧美的热销，给历史书市场带来了商机。《人类的故事》于1921年出版，使房龙一夜成名。历史学家查尔斯·比尔德在《新共和》

上对该书大加赞许。比尔德将《人类的故事》与威尔斯的《世界史纲》加以比较，给人深刻印象。他写道："房龙先生对历史的了解要胜过威尔斯先生一千倍，而且他以同样富有趣味和更多的幽默进行写作。他写出了一本伟大的书，一本能持久的书。"奥斯汀·海斯则在《纽约时报》的书评中预言，虽说《人类的故事》被认为是给孩子读的，但"我们认为在成年人中能找到更多的热心读者"。连在康奈尔大学取代房龙历史系职位的卡尔·贝克尔，也在他的评论中称赞房龙在阐释主题方面的个人特色。他写道："对作者来说，早已死去的往昔人物都是实实在在的人。"《人类的故事》可谓名利双收。除了大笔的版税，房龙还应邀到俄亥俄州的安蒂奥克学院任历史系教授。《人类的故事》让房龙于次年有幸成为第一位获得"美国图书馆协会"颁发的"纽伯利奖章"的作家。该奖以18世纪英国专门出版儿童读物的出版商约翰·纽伯利的名字命名，每年授予前一年中最优秀少儿读物的作者。

对《人类的故事》现象最好的总结来自房龙的朋友、著名作家卡尔·范多伦。他于1932年在《纽约先驱论坛报》上撰文称："它看上去像是一本给孩子读的书，实际上也是如此。插图把它装点得光彩夺目……这些插图最初给人潦草、漫不经心的印象，随后读者猛地悟出它们正是在阐明正文和强化历史学家的用意。……美国公众在5年时间里要求它印了32次，而在11年之后他们还在继续读着《人类的故事》。它已被译成许多种文字，在这方面只有厄普顿·辛克莱（当时美国著名的小说家）能比得上他。除了俄国之外，至少在别的地方它已成为这个时代最重要的历史入门书。"

后来房龙又出版了《圣经的故事》《宽容》《房龙地理》《艺术》等，巩固了他美国畅销书作家的地位。

"德国情结"的终结

　　早在美国正式向德国宣战之前，老房龙就一再宣称纳粹德国是美国的死敌。其实他本人原本是有"德国情结"的。1907年起，他去德国攻读博士学位，并于1911年7月在慕尼黑大学获得历史学博士学位。他喜欢慕尼黑悠闲的生活节奏和五光十色的景观，并尽可能充分地享受那里的文化活动（尤其是慕尼黑的音乐）。他的第二个儿子威廉就是在慕尼黑出生的。房龙在希特勒掌权之前经常出入德国，他的著作在德国远比在他的故土——荷兰受到更多的赞赏。

　　房龙在未完成的自传《致天堂守门人》中表明，他对第一次世界大战后德国作为战败国的迅速恢复和文艺的复兴印象深刻。他强调德国人在勤奋地工作，并热情称颂他们的文化成就。

战后，德国只有一艘客轮适合在大西洋上航行。不久"布里曼"号和"尤洛帕"号便下水了，而且由一流船只组成的整个船队开始迅速夺走竞争对手的贸易。战争刚结束时几乎一无所有的旅馆，又开始向客人提供被单和毛巾这样的零碎物品，而且远比法国和英格兰的旅馆要高级。而英格兰的旅馆和过去一样，那里的食物只适合真正的不列颠人。德国旅馆的服务促使旅行者们匆匆忙忙前往先前敌人的国土访问，就仿佛从未发生过战争。

　　与此同时，这个国家正经历文明人历史上从未见过的最令人惊奇的绘画、音乐和文学的变化过程。据说（我从未有机会去考察这个陈述的真实性）一个人在快要溺死之时，在那短短的几秒钟里重新体验了其一生的各个时期。德国就像是一个注定要死于非命的国家，经历了如此令人惊奇的变化。一个时代的后面紧跟着完全不同的下一个时代，这种情况没有人能解释得清楚。有一个时代是如此接近巴洛克风格，让人以为自己身处17世纪。然后是洛可可和浪漫主义时期的再生。连中世纪也未被忽略，而在生活不太令人愉快方面的领地里，甚至回归到公元前5世纪古希腊的堕落。这些短短的时期中的每一个都不仅在油画和蚀刻画中，还在音乐和文学方面得以表现。

虽说纳粹盲目狂热的暗流此时正在显露，但假如我们持完全公正的观点，必须承认，在当时的德国出现了自文艺复兴以来就不曾见过的人类心灵的最辉煌的复兴。这种在艺术和智慧方面热情的爆发，并不是以一切可能的手段将自己局限于纯粹往昔的历史外观。它也雄心勃勃地将自己推向未来，让我们看到未来曙光的隐约闪现——这使得遥远的未来颇具魅力。

我不能过于详尽地描述这个奇特的现象：整个国家忽然都竭尽全力忙于一个接一个快速地再现其精神

方面往昔的辉煌，直到它被推入一个我都讨厌去想的未来。在这个时期印出的期刊反映了伟大的智慧复兴。它们读起来引人入胜，而如今我们的期刊则枯燥乏味。我们杂志的编辑活着，只有一个目的——绝不要去触及（稍稍触及也不行）口袋里揣着五分硬币的低能儿不能理解的内容。而在那值得纪念的20年间，德国同行们却正相反，他们把宇宙万物当作自己的领土。他们撇开原先走过的稳妥可靠的路径，大胆地在真理可能显得古怪的形式下开辟道路。

1928年3月，房龙回到慕尼黑。他这次回去除了跟昔日的好友重逢，还是为了一个新的写作计划，他打算在慕尼黑的德意志博物馆里泡上两个星期。这事显得颇为异常，因为这个全名为"德意志科学技术博物馆"的博物馆展出的内容都是关于人类技术发展的，人们根本想不到写历史书的房龙会在那里消磨时光。此时科学技术的新发展刺激了他，科学技术发明史已进入他的写作范围。他后来用3个月的时间完成了这部作品——《万能的人类》（又名《奇迹与人》）。

然而，房龙的这种"德国情结"却在纳粹瘟疫的蔓延中彻底终结了。

别把希特勒当玩笑

几乎在希特勒掌权的同时，老房龙的《人类的家园》（即《房龙地理》）在柏林由乌尔斯泰因出版社出版，就像他以前的几本书一样，获得了非凡的成功。希特勒最先采取的行动之一就是焚书。对这种行为，房龙只是温和地说了一句"这帮该死的傻瓜"，而他的书继续在那里销售。然而，当希特勒纵容他的纳粹冲锋队员以犹太人为敌时，房龙愤怒了。"这个星球曾见过像现在纳粹所干的那么肮脏愚蠢的事情吗？在美国，人们的反应是既感到深深的厌恶，又简直不能相信这样的事情真的发生了。希特勒成了一个可恶的玩笑。"不过房龙对此仍旧不是特别担忧，也不怎么感到惊慌。"这类可悲的病态都无须认真地去对待，"他给前妻伊莱扎写信说，"在我看来这算不上邪恶，倒是希特勒集团十足愚笨的孩子气惹恼了我。"在事情进一步发展之前，他仍然确信德国的旧政体会战胜、推翻希特勒，并重建一个君主立宪政体。

尽管房龙认为霍亨索伦王朝的回归，对民众来说比起"送货雇员和理发师"（元首下令让他们身居高位）的统治不知要好多少倍，但他宣称"希特勒是《凡尔赛条约》的直接后果，令人反感却不可避免。我们以我们的敌视和冷漠毁掉了德国共和国"。他也不准备为犹太人开脱。他说，他们因"把他们的小花招儿玩得过火了"才造成了纳粹这样的强烈反应，在德国发生在他们身上的事情"也将在这里发生在他们身上"。

等去了欧洲，房龙很快就意识到他极度低估了希特勒的威胁。就像一缕缕水蒸气预示一场火山爆发，这里的预兆随处可见。在巴黎，摄影家伊尔斯·宾正申请成为法国公民。在荷兰，有传闻说与房龙合作的两家德国出版商——莫斯和乌尔斯泰因（都归犹太人所有）正面临停业清理。有关德国的一切，不再是遥远的和流于空谈的，那里发生的事情正开始关系到房龙本人，并影响到他认识的那些人的生活。有一天在一家书店，他随手拿起了一本希特勒写的《我的奋斗》。他在给伊莱扎的信中写道：

我已仔细地、逐字逐句地读了希特勒所写的东西。我不想评判他对犹太人的"胡言乱语"。我想要他告诉我他自己的故事。他通过言辞表露的风格非常可恶却并未切中要害。可这本书的内容，神圣的耶稣啊，真是令人难以置信。没有历史的概念，是我所读过的最无知的书。而所有这样的极端无知竟被夸耀，就仿佛这是一个光荣的新发现。

我认为这个人是自拿破仑以来对世界和平的最大威胁,是又一个因拒绝学习历史而玩命蛮干的鲁莽汉。我想我有责任回去发起一场反希特勒的运动,不仅仅是因为他讨厌犹太人,而是因为他与一切拯救文明的方式为敌,是我们不共戴天的敌人。

　　我很高兴自己得了关节炎,否则我不会无聊到去读希特勒的整部著作,也就绝不会发现这个人像疯狗一样危险,因无知而荒唐地狂妄自大,除此之外还忠实地相信他的"救世主的使命"。……我们不该只把他当作一个玩笑。他不是那种人。他颇有醉意的哲学尤其适合感染那些半疯和智力低下的人。……在美国我们有百万计这样的人。除非我们从一开始就与这个人作战,否则他将消灭我们。

　　正由于希特勒对社会中到处存在的"社会渣滓"的吸引力,房龙便把他视为自己的敌人。纳粹党的全名"国家

社会主义德国工人党"激起房龙的愤怒为时已久。只有
"社会主义"这个词能唤起他的同情。房龙认为社会主义
是不可避免的。从另一方面讲，民族主义在他看来则是过
时的、理应忘却的神话。但占用"工人"这一名称来假借
社会某一部分成员的名义令房龙生气。

刺激房龙神经的还有他慕尼黑大学一个同学的被杀。
这个同学名叫弗里茨·格里克，在一家颇有影响的天主教
报社任主编。有一天，纳粹冲锋队员将格里克从床上拖
起来，带到了达豪集中营。格里克"在试图逃跑时"被
击毙。房龙最后一次见到格里克是1928年，他听说格里克
之所以被谋杀，是因为他的报纸刊载了一份一个月前在血
腥的内部清洗中成为牺牲品的纳粹党员名单。后来有证据
表明这是一次错杀。当尸体被送回来时，棺材上还摆着一
个很大的装饰着卐的花圈。格里克的朋友们徒步跟随棺材
从教堂去墓地。当他们穿过慕尼黑的奥丹翁斯广场（那里
有一座纪念1923年希特勒"啤酒馆暴动"的纪念碑）时，

送葬队伍停了下来。格里克的朋友们从棺材上扯下花圈，把它扔进了阴沟里。当另一位慕尼黑时期的朋友欧内斯特·哈夫斯坦恩格尔于1934年来到美国参加哈佛25届同学会时，房龙非常气愤。因为哈夫斯坦恩格尔家族从一开始就支持希特勒，而欧内斯特也得到回报，有了一份跟外国报界打交道的好差事。房龙公开抗议欧内斯特被允许来到哈佛。哈佛校方拒绝接受欧内斯特对哈佛奖学基金5000美元的捐献，因为他是迫使自己国家最杰出学者流亡国外的那个政府的代表。

接待德国知识界流亡者

房龙认为希特勒是自己的死敌，他的家逐渐成为德国知识界流亡者的中转站很符合逻辑。有些人是直接受到邀请到来的，有些人间接地收到了邀请，还有的人则是不请自来。所有这些人都受到欢迎。其中有传记作家埃米尔·路德维希、小说家斯蒂芬·茨威格、讽刺歌剧作曲家库尔特·韦尔等。房龙为许多流亡的德国作家签名担保，但他却没能说服茨威格在美国定居下来。茨威格夫妇后来在巴西自杀。

小说家托马斯·曼（1929年诺贝尔文学奖获得者）是当时最著名的德国流亡者，他妻子卡特佳是犹太人。纳粹当局想对那些国际声望具有宣传价值的人士给予豁免权，而这些人需要付出的代价就是跟当局合作。这正是托马斯·曼不愿意接受的。在瑞士讲学期间，他谴责希特勒并拒绝回到德国。他的财产被没收，他的国籍被取消。哈佛大学邀请他来美国接受一个荣誉博士学位，爱因斯坦同时被授予同样的荣誉学位。房龙邀请他们两人和他们的妻子在授予仪式后到他家里住一个星期。爱因斯坦谢绝了，从未见过房龙的托马斯·曼接受了邀请。托马斯·曼非常严格的工作习惯给房龙留下深刻印象。

托马斯·曼一到达就告诉别人，每天上午他希望有一张牌桌放在房子背阴面的阳台上。10点的时钟刚敲响，这位德国文学的头号人物便出现了，衣着打扮一丝不苟，从口袋里拿出自来水钢笔，以令人难以置信的小而端正的字迹一刻不停地写到中午。然后"咔嗒"一声钢笔就消失了。这时他夫人卡特佳出现在他的身边，在午饭前他们散上30分钟左右的步。托马斯·曼能够像控制水龙头那样控制自己文学创作的源泉，在房龙看来，这是日耳曼文化的缩影。房龙还发现他的客人"极有教养"甚至是"含而不露的幽默"。

在谈话中，托马斯·曼对罗斯福总统表示了钦佩。他说想请哈佛校长科南特安排一次会见，但他担心自己现在没有国籍的身份会令白宫感到尴尬。房龙回答说，正相反，感到尴尬的只可能是德国大使。这位大使此时故意不理会托马斯·曼对美国的访问。房龙主动提出要促成这次会见。他还表示，他会因让那位大使烦恼而感到极大的快乐。由于房龙与罗斯福总统和夫人关系密切，一份电报加两个电话就把事情办妥了。1935年6月29日，星期六，罗斯福夫妇和托马斯·曼夫妇在宾夕法尼亚大街1600号共进晚餐。

与这件事有关的各方面都守口如瓶，但不知为什么消息还是传开了：美利坚合众国总统款待了托马斯·曼！这个消息令流亡到世界各地的德国难民深受鼓舞。不知为什么，人们好像也都知道这次会面是通过谁安排的。来房龙家的德国难民变得源源不断。

NBC广播风暴

从1935年6月到年底，房龙一星期两次在全国广播公司的麦克风前传播15分钟他自己的见解。这些广播文字稿后来以《广播风暴》为名出版。负责节目制作的公司副总裁约翰·F.罗亚尔，曾亲自跑来请求房龙在评论意大利入侵埃塞俄比亚时语调尽量柔和些。一年后，他重新开始为全国广播公司播音时，报道了罗斯福总统的第二次就职典礼。当时欧洲的政治气候变得越来越恶劣，但房龙依然相信希特勒和墨索里尼会在本国被武力推翻。他刚把这个观点说出来，表示不满的信件就塞满了全国广播公司的信箱。信中谩骂"那个荷兰人的口音笨拙得就像他的脑袋瓜儿"，谴责他想在那些终于找到强有力领袖并正在走向强盛的国家煽动叛乱。公司高层不得不认真地对待这些来信，认为房龙的广播所引起的争议对公司事业的发展不利。尽管约翰·罗亚尔尽力庇护房龙，但公司还是决定用"更有益的"广播节目来填补房龙的节目时间。他被迫离开了广播。但这次离开时间并不长，因为房龙以其历史学家的敏感性和准确性猜对了未来几年欧洲的历史进程，连他最极端的反对者也为此感到羞愧。

1938年3月，房龙又去播音了，他的广播正好捕捉到了戏剧性的时刻：那天夜里，纳粹的坦克碾过了奥地利的边界。伴随着女钢琴家格蕾丝在背景里弹奏的《蓝色多瑙河》片段，房龙说道："今晚，一个可爱的女士死去了，她的名字叫维也纳。"这句话使许多听众流下了眼泪。

作为电台的时事评论员，房龙再度处在风口浪尖上是在1939年。这年2月，他回到全国广播公司，每周播一次音，一共播了13个星期，此后没有续约。欧洲的局势越是紧张，美国国内亲纳粹派别的态度就越是坚定，从而使得孤立主义成了普遍的主张。房龙不是陷入困境的唯一的时事评论员。多萝西·汤普森的一个德语节目《平凡人物》开播于1934年，但她此时已暂时从美国的广播中被排挤出去了。连风格温和的H. V. 卡顿伯恩也被他的赞助者们解雇了。因此，当房龙利用麦克风将拿破仑和希特勒进行历史的比较时，出现下面的情况就没什么可奇怪的了——赫斯特报业的报纸发表了多篇指责性社论，全国广播公司快要让对房龙提出抗议的信件淹没了。

房龙这样向人描述当时的情况：

我说的话引起的愤慨，使我和全国广播公司的关系非常紧张。我说拿破仑是个微不足道的暴发户。什么？这个伟大的人是个微不足道的暴发户？不错，他当然是这样的人。那么说我了解的历史比他们都多？我当然比他们了解得多，难道他们现在才发现这一点？然后是最后一个问题，假如你必须在共产主义与纳粹主义之间进行选择，你会选择哪一个？我回答——很抱歉，不过由于这违反了辩论或近似比较的逻辑法则，这个问题没法儿回答。这样的对话无助于彼此关系的改善。于是……全国广播公司没有和我续约，真正的原因来自教会。这真令人吃惊，难道不是吗？美国的天主教徒是彻头彻尾的法西斯主义者。

《我们的奋斗》

在不同寻常的1938年，房龙与其说是在写作，不如说是在战斗。

1938年5月，由房龙撰写解说词的纪录片《为和平而战》上映。影片概述了从1914年第一次世界大战爆发到希特勒吞并奥地利的种种事件，揭示战争的起因和可怕的后果。用房龙的话说，这部影片展示"战争的恐怖比话语更有效果"。该影片预映那天，流亡美国的科学家爱因斯坦和作家托马斯·曼到场观看。托马斯·曼还给房龙写了一封热情洋溢的信。

房龙在接受《纽约时报》的采访时说："美国人还沉睡不醒。你可知道就在我们熟睡的时候，在我们国内活跃着约136个组织，它们都利用我们的'人权法案'干着损害这项法案的勾当？我们还打算让这种情况继续下去吗？"他预言这部影片将受到国内各种"右翼"组织的围攻。而事实上，影片的制作人已收到大量恐吓信，信中警告他们不要上映这部电影。

房龙出版于1938年的政论著作《我们的奋斗——对希

特勒〈我的奋斗〉的回击》，从封面、封底再到正文都透着一股特定时代的气息。

　　由西蒙和舒斯特出版公司出版的开本不大的《我们的奋斗》，在封面上印了一段触目惊心的文字：

　　　　阿道夫·希特勒在那本他取名为《我的奋斗》的书中阐述了他的行动计划。这位元首受其在中欧成功的激励，如今把眼光转向对世界的统治。他的宣传员们已经在这个半球兴风作浪。亨德里克·威廉·房龙在其发起的强有力反击中，阐明仍享有自由的人们必须采取行动，与希特勒日益膨胀的权势做斗争。《我们的奋斗》是呼唤行动的一声警钟，呼唤人们在面对无所不在的法西斯主义威胁时起来捍卫民主。

　　该书的封底还有美国著名广播评论员H. V. 卡顿伯恩

情真意切的评语：

　　《我们的奋斗》是一位杰出历史学家对纳粹德国卑鄙伎俩发出的怒不可遏的滔滔雄辩。这表明这位和蔼的智者和友善的人道主义者因民主面临威胁而转变成勇敢的斗士。

　　歇斯底里的希特勒那邪恶的目光已经盯上了大西洋彼岸——新大陆受到在暗中蔓延的纳粹宣传的侵扰。欧洲已在慕尼黑沦丧。我们仍然享有自由，并要独自去抵抗世界上最强大、最凶残、最无情的军事独裁。事实已经证明，一切对理性、条约和协议的恳请，用来对付一个受疯狂仇恨困扰的心智伤残的人都无能为力。

　　在一切为时太晚之前，我请求所有的美国同胞都倾听房龙的呼吁。这本书就是唤醒美国重新武装自己和进行抵抗的号角！

在该书正文后的"作者介绍"中，编者特别强调了房龙的"德国背景"，既有血统方面的，也有他在慕尼黑获得博士学位，以及经常出入德国的经历。这些显然决定了房龙对德国历史和现状的熟悉程度。"作者介绍"中特别提到：

由于多次在文章和广播中劝告美国人要警惕危险的纳粹，他不能再去德国了。但今年（1938年）夏天，房龙花了4个月的时间在地理位置邻近德国的国家，尽可能多地收集有关第三帝国状况的第一手资料，并于10月初回到了美国。这本书就是这次发现之旅的成果。这次旅行使他对我们国家未来的命运充满忧虑，我们必须及时认识到一种政治哲学（纳粹主义）的危险性，它是一切民主形式的死敌。

这几段文字不同于一般推销书籍的广告词，它们真切地传达了一种形势逼人甚至大难临头的紧迫感。

　　看看1938年发生在欧洲的事件吧。纳粹德国于3月间吞并了奥地利，9月与英、法、意签订了《慕尼黑协定》，随后在法国和英国的默许下占领了捷克斯洛伐克的苏台德地区。再来看看房龙身处的美国。从1937年中期开始的经济衰退持续恶化，直到1938年夏季晚些时候才出现复苏的迹象。尽管罗斯福总统在致国会的咨文中强调加强军事力量，指出日益加剧的国际紧张局势可能使美国不得不保卫自己，他还要求国会拨款建立一支能够保卫大西洋和太平洋的海军，但在美国国内，人们的情绪普遍带有孤立主义色彩，觉得大西洋是天然屏障，欧洲的紧张局势不会对美洲大陆构成威胁，而5月众议院成立的"非美活动委员会"热衷于调查亲苏亲共的组织和活动，把这类组织和活动视为美国的最大威胁。

　　房龙在《我们的奋斗》的序言中谈到刺激他写这本书的一起发生在纽约的事件：

昨天，在纪念发现西印度群岛的克里斯托弗·哥伦布的集会上，纽约（西方民主国家最伟大的城市）的市长（指拉加第亚）招来一片轻蔑的嘘声，而当一个外国独裁者（指墨索里尼）的名字被提及时，却赢得与会者吵吵嚷嚷的喝彩声。……对此没有任何反应——没有人提出抗议——整个事件被当作荒唐却又无足轻重的事情接受了下来，无须作进一步的评论，很快就会被人遗忘，对这种事情，谁在乎呢？

这就是我写这本小书的原因。

谁在乎呢？

我在乎！

房龙可谓义愤填膺。在人群中感觉很孤独很无奈的房龙为什么要在乎呢？因为作为一个历史学家，他的直觉告诉他：由于纳粹德国和意大利法西斯的存在，此时欧洲正面临一场空前的灾难，前一次世界大战早已为这场灾难埋下了祸根，而欧洲盛行的绥靖外交政策和美国国内的孤立主义情绪则助长了纳粹和法西斯的气焰；至于调查亲苏亲共组织和活动的众议院"非美活动委员会"只是在扰乱视听，使公众察觉不到真正的威胁；如果美国袖手旁观，这场灾难将波及全世界，美国也难以幸免。

阿道夫·希特勒的《我的奋斗》分两卷，分别出版于1925年和1927年。第一卷标题为"清算"，1924年写于莱希河畔兰茨贝格的巴伐利亚要塞，当时希特勒因1923年"啤酒馆暴动"失败而被囚禁该地。书中叙述希特勒的青年时代、第一次世界大战以及导致1918年德国战败的"背叛"，表达了希特勒的种族主义思想——他把雅利安人说成是"优秀"民族，而把犹太人称作"寄生虫"，宣称德国人需要从东方的斯拉夫人和苏联马克思主义者那里寻求生存空间。书中还号召向法国复仇。第二卷标题为"国家社会主义运动"，写于1924年12月希特勒获释之后，概述了他的政治纲领，其中提出国社党无论在夺权时还是在夺权后的新德国，都必须实行恐怖措施。

《我的奋斗》英文译本（由霍顿·米夫林出版公司出版）于1933年在美国面世时引起轩然大波，因为希特勒的梦想和蓝图对欧洲和世界实在是一个噩梦。它不是一本真正意义上的自传，而是用意恶毒的纳粹主义和反犹主义的宣传品。希特勒的前半生也许是坎坷的，但他的生活之路和人生思考指向的不是积极的建设和善意的变革，而是丧心病狂的破坏和毁灭。奥托·托利舒斯在《纽约时报杂志》上撰文写道："从内容上看，《我的奋斗》10%是自传，90%是他的信条，100%是宣传。书中的每一个字……仅仅是要达到宣传的效果。"美国犹太人报纸用这样激烈的言语表示抗议："如果霍顿·米夫林出版公司执意出版希特勒的书，他们最好用红色字体印刷，红色象征鲜血，从第三帝国纳粹的大棒上滴下的鲜血。"

作为房龙写于30年代的一系列政论小册子中最有影响

的一本，《我们的奋斗》明确表明这本书是作者个人对希特勒《我的奋斗》的回击，这意味着房龙以个人名义直接向希特勒及其在美国的同情者和支持者发出挑战。前面已经提到，房龙逐字逐句地读了《我的奋斗》，认识到希特勒是自拿破仑以来对世界和平的最大威胁，房龙觉得有责任在美国发起一场反希特勒的运动。他想做点什么来唤起美国人的忧患意识，面对德国纳粹和意大利法西斯的威胁承担起应有的责任。于是他花了三个星期的时间写了《我们的奋斗》。

《我们的奋斗》英文版全书共139页，没有配上房龙自绘的插图，这在他出版的著作中显得不同寻常。他不止一次对人说："我的书没有插图，那相貌就如同去圣詹姆斯宫觐见英国国王却忘了系领带。"房龙的自绘插图对读者来说是其作品独特魅力之所在，对喜欢画画的作家本人来说，则是给他的做书过程增添了个人表现的空间和娱乐性。而写作《我们的奋斗》显然是没有任何娱乐性可言的。《我们的奋斗》不像他的许多作品那样可以用作圣诞节馈赠亲友的礼物，它言辞激烈、直率，不过读过这本书的人，有不少立即就成了他的支持者。

即使是这样的充满义愤的政论著作，房龙也不改他惯用的调侃语调。该书正文第一段是这样的："除了一点，我实在没什么可恭维阿道夫·希特勒的。我认为在我们的敌人中，他无疑是最为危险的，因为他真正相信自己所宣扬的一切，而在我们的敌人中，这种情况非常罕见。"《我们的奋斗》最令人印象深刻的，恰恰就在于它对希特勒危险性的反复强调。房龙还以观察家和预言家的姿态，逐项分析希特勒已经采取和可能采取的行动的清单，后来欧洲局势的进程证明历史学家房龙的忧虑是有充分理由的，他的一些看似耸人听闻的预言真的变成了可怕的现实。

房龙跟罗斯福总统一家有不少私人交往。《我们的奋斗》出版后，他也给总统寄去了一本。"我认为这是杰出的作品，"读完这本书后，罗斯福总统给房龙写信说，"最好你能卖出100万册。我们需要这样的书。"美国作家路易斯·布罗姆菲尔德为《纽约先驱论坛报》撰文写道："我认为，这是一本此时此刻每一个美国公民都应该人手一册的书……他用一种经典的明白易懂的散文写成……既含有老一套的哲学观点又具有一种有说服力的新见解。但这本书与房龙先生的其他书不同，它自始至终慷慨激昂。"当然，这本书也受到美国国内孤立主义者、绥靖主义者和为希特勒辩护的人的责难和谩骂。照罗斯福的说法应该卖出100万册的《我们的奋斗》，在销售方面并没有取得成功。

就历史著作而论，《我们的奋斗》缺乏足够的第一手资料是显而易见的，在论述过程中也暴露出作者思想理念的某些局限性，尤其是将希特勒与法国大革命时期的罗伯斯庇尔相比较（他认定"希特勒是马克西米利安·罗伯斯庇尔被处死后最危险的精神病患者"），未必有助于读者认清希特勒和纳粹主义的本质。对照第二次世界大战实际的进程，房龙的一些预言也没有成为现实。他既没预料到英国能扛住德国的空中打击，也没预料到苏联会在反法西斯战争中扮演重要角色。但他对当下欧洲局势严重性的洞察以及对希特勒危险性的评估，无论当时还是今天都能给读者留下深刻印象。他儿子杰勒德·威廉·房龙在《房龙的故事》一书中认为《我们的奋斗》如果写得慢一些，不那么仓促，书的质量和价值都会更高一些。这话不是没有道理。但在当时的形势下，就像电台的时事评论那样，最重要的是及时、迅速地做出反应，警告世人，可以说老房龙是尽到了他作为有影响的作家和历史学家的社会责任。

参加WRUL的荷兰语广播

欧洲的战火尚未燃烧之前，房龙就曾向全国广播公司的高层建议，全国广播公司应在对欧洲的短波新闻广播中将荷兰语广播包含在内，他自己愿意为此服务。但他得到的答复却是：英语和德语已经照顾到了荷兰的需求。房龙对此大发脾气。他说：尽管"一般荷兰人都喜欢吹嘘自己懂这两种语言……可要说理解美国人或英国人的口语，那就是另一回事了"，更何况德语还是"为荷兰人所痛恨的一种方言"。但这些话并未打动全国广播公司的人，他们认为荷兰人对美国全国广播公司节目的兴趣还不足以达到要去用那个国家的语言来播音的地步。房龙在回信中说："……荷兰听众到目前为止对我们美国的节目还不是非常感兴趣，可从另一方面来说，我们是否认真地想法儿去吸引他们了呢？一旦发生战争，荷兰各省和荷属东印度群岛对民主国家来说将是极具重要性的。"但全国广播公司的高层不相信战争真的会打响。房龙写这封信的日期是1939年8月10日。就在9月1日，第二次世界大战爆发了。

后来把房龙拉到麦克风前用荷兰语播音的人名叫沃尔

特·莱门，自1936年起就一直进出房龙的家。沃尔特·莱门是波士顿WRUL短波广播电台的创办人。该电台开播于1935年，早就使用各种语言向欧洲播送新闻节目了。1939年10月末，房龙到波士顿出席每年一度的图书博览会，沃尔特·莱门邀请他参加WRUL的荷兰语广播。房龙答应了，但他并不相信像WRUL这么小的电台会引起什么大的反响。然而他大错特错了！

荷兰人一般都不愿写信给他们当地的播音员，但后来，无数荷兰听众却拿起笔来，写信感谢WRUL和房龙。因为他们在节目中意外地听到了对极权主义的猛烈的、文化层次颇高的和前所未有的谴责。房龙用起他的母语比用英语更加轻松自如，也许是因为他未曾认识到除了少量刚好在大西洋上航行的水手之外，还会有别的人听到他的广播，他感觉可以随心所欲地从荷兰语丰富的语言宝库中汲取营养，淋漓尽致地加以发挥。荷兰的听众侧耳倾听他的讲话，他们也许还不知道是谁在讲话，可这不是那种他们已经熟悉的新闻播音员干巴巴的话语，更何况一场战争已经打响了。由于在荷兰每个小城镇的电影院都在放映纳粹的坦克和轰炸机在波兰国土上势不可挡的新闻片，听到美国并未沉睡可以使荷兰人得到安慰。老房龙的声音是他们愿意信任和难以忘怀的。

预言德国入侵荷兰和开展救援活动

1939年9月3日，房龙打电报给荷兰首相科莱恩，提出要是荷兰女王威廉明娜到美国避难，他可以将自己的住宅"新维勒"交给女王使用。可科莱恩在一封措辞友好的短信中向他担保，德国人绝不会冒险想要途经低地国家以绕过法国的马其诺防线，在前一次世界大战中一直严守中立的荷兰无论如何不会遭受德国的攻击；而且女王陛下不管发生什么情况都不会抛下她的国家和人民不管。许多荷兰人也迎合这种见解，认为房龙的表态是不适宜的，即便不是侮辱，其动机也显然是想给人留下深刻印象。尽管如此，次年1月，房龙再次提出他的建议，这次是直接向荷兰公主朱丽安娜和她的孩子们提出的，而且他向罗斯福总统通报了自己所做的事情。这个建议再次被谢绝。科莱恩首相宣称，荷兰并未处于威胁中。房龙可不那么确信。他计划设立一项视情况随时可以启动的荷兰救援基金。他在58岁生日那天（1940年1月14日），把时间都花在了与荷兰领事艾伯特·舒尔曼的密谈上面，准备一份电报和一份该电报可以送发的人士的名单。这两样东西都保存在老格林威治的西方联盟办事处。

希特勒当时正忙于瓜分让战火烧焦的波兰的残骸，西部战线不可避免的战争得以拖延一时。不少人相信战争的威胁不过是德国人的虚张声势。荷兰首相科莱恩给房龙写信说："假如我们保持高度的戒备，时刻做好准备，我不相信德国人会轻易与100万民众（其中比利时人50万，荷兰人50万）为敌。"荷兰首相如是表白，房龙在荷兰的亲友也保持同样乐观的调子。房龙则继续持怀疑态度。

　　1940年5月10日凌晨1点，电话铃在"新维勒"响了起来。打来电话的是房龙的朋友埃尔默·戴维斯。戴维斯本来是报纸记者，后来改行当了电台的新闻评论员。他从全国广播公司在纽约的演播室打来电话。荷兰已遭入侵，由于对这个国家的地理不熟悉，戴维斯正被那些支离破碎、东拼西凑的新闻专电搞得无所适从。房龙可以使戴维斯省不少力气，有了他，戴维斯就无须一个字母一个字母地拼写荷兰东部边界小村庄的名字了。"我立刻就来。"房龙说。他穿好衣服，出门前只留出几分钟通知老格林威治的西方联盟办事处按指示拍发保存在那里的电报。然后弗里茨开车送他去纽约。在与戴维斯并肩度过了这个不眠之夜后，早上7点30分，房龙给被列入电报拍发对象的埃德加·莱昂纳德夫人打电话，他说："我想我们该启动威廉明娜女王基金了。"他脑子里刚好冒出了"威廉明娜女王基金"这个名称，就用它给他的救援计划命名了。莱昂纳德夫人承担起了组织工作，她与美国总统的母亲萨拉·罗斯福接触，请她担任基金会的名誉主席。萨拉·罗斯福出席基金会的所有会议，她的出场不仅让人肃然起敬，而且她与白宫直接联系的特权也被充分利用。"威廉明娜女王基金"的第一次事务性会议在壳牌石油公司设在无线电城的办公室举行。房龙主持会议。

对于那些因自己有钱而沾沾自喜的荷兰人，穷人从来就被视为败家子。此时他们住在纽约和伦敦旅馆的套间里，看到美国人想以女王的名义为荷兰同胞筹款，这对他们中的许多人来说，就等于是一种侮辱。这里含有荷兰人连自己的事情都管不好的意思。更糟糕的是，这种怀疑荷兰财政方面稳定性的企图背后的发起人，就是鲁莽地要把其简陋的在康涅狄格的住宅提供给荷兰王室的那个所谓的历史学家。还是这个人，现在甚至在一封发给荷兰在伦敦的流亡政府的电报中，又第三次提出那个建议。即使在当时有5万荷兰难民往南逃到法国或一文不名地到达英伦三岛的情况下，爱摆架子的荷兰富人和许多美籍荷兰人也还是坚持对这类筹款活动退避三舍，因为他们认为这只是房龙又在图谋炫耀自己。而成千上万的美国人却积极参与进来。他们信任房龙，他那些带有可爱的插图、富有情趣和教育意义的书就是为他们写的，他们纷纷把几美元塞进信封寄了过来。

那些受益于"威廉明娜女王基金"的人，不管是直接受到资助还是通过美国红十字会或"美国友人服务委员会"得到资助，都由衷地欢迎这项救助工作。这些人中不仅包括丈夫留在荷兰抗击德国人的拖儿带女的妇女、那些在别的国家身处困境的荷兰人，也包括远离国土现在已无家可归的商船水手。

纽约南25街有一家荷兰海员俱乐部，是漂泊的荷兰水手寻求精神寄托的地方。房龙向该俱乐部送去自己著作的荷兰文译本，还向水手们提供他独特的上面绘有荷兰海景的信纸。他时常在俱乐部露面，花上一个晚上画出任何一位海员记忆中的家。船员们把这些画钉在船舱里，带着它们航行到很远的地方，有关这个胖胖的纽约美籍荷兰人的传说也传播到了很远的地方。很少有海员知道或猜想到他是个著名的作家，他们只是知道，只要你提到世界上任何一个港口，他就能一边给你讲故事一边给你画上一张画。

他在给朋友的信中写道："我和吉米发誓今年不再准备感恩节和圣诞节晚餐了，把这笔款子捐给荷兰水手。沿着中央公园的所有大旅馆，此时都住满了荷兰难民……他们挥霍无度，没有一点同情心。"在汽油配给时期，他们中的一些人雇了司机，乘豪华轿车到老格林威治，房龙毫不含糊地斥责他们。

"汉克大叔"传奇

纳粹入侵荷兰后，沃尔特·莱门立即请房龙继续为

WRUL电台播音，每周5次。听众只知道他自称"汉克大叔"。在很短的音乐序曲（给听众将收音机调到WRUL电台的时间）之后，"汉克大叔"将播出15分钟的节目。一开始是简短的激励士气的讲话，他的话无拘无束，掺杂着土话。随后是来自纳粹占领的荷兰的新闻，涉及出生、死亡、失踪、遭监禁和被处决，经常是非常详细地提到纳粹头目和荷兰通敌分子的名字。尽管惩罚并未立即降临到这些恶人头上，但那些听众会因此猜想该节目是来自荷兰国内。15分钟的节目后面是荷兰语的新闻广播时间，但在新闻广播结束之前，播音员会特意告诉听众：假如有人希望给"汉克大叔"写信，可以用以下的地址："纽约市东60街250号　请H.霍夫曼转交"。

写信的人似乎都不愿意自己的信被转来转去，因为寄来的信件从一开始就写着"波士顿WRUL电台　亨德里克·房龙收"，或者干脆就是"美国　亨德里克·房龙收"。"汉克大叔"播音所产生的效果是确定无疑的。才播了一个星期，就不需要别的消息来源给房龙提供播音材料了。他的播音材料主要来自听众。不仅在公海上的荷兰水手倾听他的广播，而且被困在荷兰国内的亲友也在倾听。荷兰国内的听众甚至冒着进监狱和受更重的惩罚的危险，忠实地收听房龙的节目，水手的妻子们有时候还通过写信甚至发电报，利用"汉克大叔"向在海上的丈夫们转达消息。而在海上的丈夫们也请"汉克大叔"帮他们向国内转达消息。

德国人在低地国家狂轰滥炸杀出一条血路并征服了法国，这一切进行得如此迅速，连德国人自己都感到吃惊。不过德国占领军要完全切断荷兰与当时还未参战的美国的往来尚需时日。甚至在美国参战以后，信件还可以通过西班牙、瑞士或瑞典寄到那里。荷属库拉索岛也成为邮件转运站。房龙在播送那些通过邮寄传达给他的消息时，利用了他所精通的有关荷兰历史、地形、口音和地方标志性建筑的知识，他无须说出真正的地名，只要提到在荷兰可以给某个地方准确定位的上述特征之一，同样熟悉这些城市、小镇或村庄的人就能知道他提到的是什么地方。比如说，让我们快乐地通知水手汉斯，他那善良的妻子为他生下了健康的双胞胎男孩，"水手汉斯来自这样一个城镇，这个城镇的教堂有两个塔尖，一个是木质的，另一个有金属楼梯"。后面的话拐弯抹角地道出了准确的地方。

房龙非常热心地玩着这类小小的智力游戏。很显然，他的听众也是如此。房龙告诉白宫的斯蒂芬·厄尔利：

代尔夫特的学生们把一个花环套在老格劳秀斯（荷兰17世纪的人文主义者，出生于代尔夫特）雕像的脖子上，花环上挂着的一张纸片，写着"如今荷兰只有这个铁做的人不听WRUL电台的新闻"。我的亲戚说很高兴时常能听到我的声音。这些广播的目的不仅是告诉他们新闻，还要使他们保持信心和让那些想与纳粹混在一起的人感到恐惧。每月一次，我公布一个名单，名单上的都是被人发现甘愿跟纳粹合作的人。上星期四我提到一个名叫"米勒"的家伙，他接受了纳粹的任命，但我加了一句，说我对他不太了解，甚至不知道他姓氏的开头字母。第二天早晨我收到两份电报，电文都是："你提到的那个纳粹杂种是某某人的儿子，在什么地方读过书，曾是陆军中尉。"

尼德兰人从来都是船长之类的人才辈出的民族，纳粹无法阻止荷兰人借助小船偷偷跨越英吉利海峡。在这方面，房龙也提供了帮助，他在播音时发布从荷兰出逃的信息。他做得很巧妙，没过多久就有一个年轻人来到老格林威治感谢房龙的帮助。该年轻人的经历随后又被传播出去，许多人都按照他的做法逃出了荷兰。

在纳粹占领荷兰的前几个月里，荷兰作家和精神病医生朱斯特·A. M. 米尔卢是房龙在荷兰国内最有用的关系之一。两人当年在荷兰小城维勒相识，但很明显相处得不太好，房龙对精神病医生的不信任无疑影响了他们的关系。然而，在米尔卢给房龙的广播写了信之后，他们便频繁地通起信来。房龙通过WRUL广播提出问题，米尔卢则写信予以答复。从信上看，两人仿佛在讨论荷兰历史。米尔卢在信中想说希特勒的时候，提到的却是阿尔瓦公爵（16世纪西班牙军人，对尼德兰的人民起义进行了血腥镇压），谈到别的敏感话题时也是如此。在被逮捕和监禁之前，他一直以这种方式设法传出了大量的消息。后来他竟然逃走了。1942年12月，突然从库拉索岛又传来了他的音信。圣诞节那天，他到达了老格林威治。房龙没有去惊动荷兰大使馆，他通过电话直接向美国总统讲了米尔卢的事情。

　　房龙的外甥威姆·凡·德·希尔斯特在荷兰参加抵抗运动，因同伴的出卖而被捕。1942年8月，房龙得到了威姆死在监狱里的消息。房龙用新闻稿的形式公开了这件事，表达他的愤怒和哀思。

为增进美荷关系而不遗余力

1940年5月10日，德军侵入荷兰。5月13日，威廉明娜女王和荷兰王室逃往伦敦，荷兰政府也迁往伦敦。5月15日，荷军投降。

后来许多批评威廉明娜女王和荷兰王室逃到英国的人都忽视了这样一个事实，即正是由于荷兰女王和王室没有让自己处于被俘虏的境地，也就使纳粹失去了对荷兰民众施加压力的一种便利的手段。因此，荷兰的抵抗运动比起王室成员处于实质上的软禁状态的比利时和丹麦，可以更加自由地行动。

荷兰王室因而也接触到了外面的世界，其成员可以与其他国家的公民有更多的交往，而这是通常的国事访问所办不到的。这使得原来外交礼节方面的隔阂逐渐消除，比如女王储朱丽安娜公主就对此充分加以利用。

虽说房龙向荷兰王室提出的建议遭到拒绝，但在公主到加拿大魁北克的蒙特娄居住下来的一个月后，荷兰大使劳登请求房龙用英语代写一份公主在广播里演说的稿子，标准的房龙用语不可避免地也原原本本地通过公主的嘴说了出来。当公主说"无论如何，你们都不要怜悯我。没有哪个女人像我今天这样为我们国家令人惊叹的传统感到骄傲"，其实这是房龙在说话。

比起过去房龙收到的来自海牙王室宫廷的信件，此时来自加拿大的由海军少将S.德·佛斯·凡·斯蒂恩威克"代表朱丽安娜公主殿下"写的信件则显得越来越私人化，有时甚至用的是闲聊的语调。房龙献上的礼品有助于彼此的关系朝这个方向发展，有房龙编的歌曲集（"送给皇家保育室"）、毛毯、成盒的佛蒙特苹果、荷兰球形干酪和装在镜框里的房龙画的荷兰海景。公主和凡·斯蒂恩威克夫妇后来搬到渥太华，用房龙画的荷兰海景作为室内装饰。

这年夏天，纽约市长拉加第亚选定弗拉兴的一处住宅用作他的"市政厅"。8月31日是荷兰女王的生日，房龙筹划要在那里升起荷兰国旗。纽约的尼德兰信息服务机构出于典型荷兰式对招引关注的噱头的轻视，竟对这件事不加理睬。不过房龙已经预料到了，他安排新闻摄影师到场，并将这次典礼的照片寄到了加拿大。然后在一次与罗斯福竞选连任有关的广播中，房龙更加不遗余力。他事先通知公主注意收听这次广播。在播音中，房龙动情地说到罗斯福对此时处于纳粹统治下的欧洲国家非常同情，由于总统的祖先是荷兰人，他对荷兰怀有特别的挚爱。荷兰小城维勒市政厅钟琴演奏的赞美诗《瓦莱里厄斯》此时被用作背景音乐。房龙的最后几句话是说给朱丽安娜公主听的，是用荷兰语讲的。他的表演技巧无可挑剔，并照例与音响师充分配合。公主深受感动也就不足为奇了。凡·斯蒂恩威克告诉房龙，"公主在国外听到有人用她的母语对她说话，显得十分激动"。

与此同时，房龙巧妙地一方面让住在渥太华的女王储做好接受来自白宫邀请的准备，另一方面催促罗斯福夫人发出这个邀请。1940年10月，由于11月的总统选举已经没什么悬念了，埃莉诺·罗斯福给"我亲爱的朱丽安娜公主"写了一封私人短信，信中说："要是你愿意在我们竞选连任成功、能够更长久地入主白宫的12月1日之后，来我们这儿做一次为期几天的访问，我们将会感到极大的快乐。"11月24日，凡·斯蒂恩威克告诉房龙："12月18日，我们将去华盛顿，到白宫做几天客。"房龙应邀出席了荷兰大使馆为女王储举行的茶会和罗斯福夫妇在白宫为荷兰公主举行的晚宴。1942年，荷兰女王授予房龙尼德兰雄狮勋章。

《入侵》虚构一场战争

《我们的奋斗》没有取得成功。一时间房龙似乎心灰意冷，他在给朋友的信中说：他现在准备"让别人去照看世界上的事务了。我要坐在这里，照我喜欢的方式生活和写作"。可事实上，他根本做不到。他在《格林威治时报》的专栏文章中，公开表达了对美国中立政策的失望。他在1940年3月的专栏文章中写道："我们是中立的。我们如此感人和令人绝望地保持中立。我们袖手旁观，用动听的话语谈着我们的中立，眼看着欧洲所有的中立小国统统走向了毁灭，这似乎违背了美国赖以缔造的宗旨。"也是在1940年，他写出一部203页的《入侵》，主题与《我们的奋斗》接近，只是放弃了他擅长的史论模式，采用一种显然他并不熟悉的形式政治幻想小说。他在写给友人的一封信中，描述他的小说是"一本极坏的戈培尔风格的肮脏可鄙的小书，但我们必须以其人之道还治其人之身"。虽然不熟悉这种文学形式，但对新闻报道的写作房龙却是熟门熟路，毕竟他当过多年的记者，报道过俄国和波兰的革命以及第一次世界大战的欧洲战况。因此在《入侵》中他频繁使用新闻报道式的写法，不仅重温了他早年的职业感觉，增强作品的"现实感"，也多少弥补了他不够老到的文学创作手法。

《入侵》于1940年9月25日由哈考特–布雷斯出版公司出版，副标题是"纳粹入侵美国的目击者的描述"，让已经发生在波兰、斯堪的纳维亚和荷兰的事件在大西洋这一边的美国重演。为了使所写的东西更具有文献似的真实性，房龙将自己、家人、邻居和友人都置于纳粹入侵的中心舞台，提到他们时用真实的名字或爱称。当然最终他们战胜了纳粹入侵者。鉴于后来发生的事件——日本人利用航空母舰突然袭击珍珠港和纳粹破坏分子在长岛东端登陆，房龙所要传达给美国人的危机感并不算牵强。房龙在写给报纸编辑的信中，称他所描写的纽约的情况已经在挪威发生了，他只是将奥斯陆换成了纽约，而他的用意是要激起人们对德国当政者的强烈憎恨，并认识到现在已经无法再缩进象牙塔不问是非了。他本想借用通俗小说的形式对美国公众起到比《我们的奋斗》更大的影响。但事与愿违，评论界反应平淡，《入侵》的销路也不理想。正像房龙在给流亡美国的科学家爱因斯坦的信中所写，"销路少于5000册。而同一个时期，林白（美国飞行员，主张中立主义）宣扬绥靖的书却卖了80,000册，这就是答案了"。房龙抱怨的是美国人的冷漠。

没能活着看到纳粹德国的覆灭，想必是老房龙的一大遗憾。不过他在世的时候，墨索里尼已被推翻了，美国人把意大利人打得一败涂地，德军进攻苏联接连受挫，人们越来越多地谈到盟军将进攻法国。房龙已在考虑战争终于要结束的日子了。他想有一本书为那一刻做准备，毕竟最近这一段人类的历史又有很多需要总结的地方。《人类的历史》在上一代人中取得了成功，那么什么才能赢得战后的一代人的心呢？他开始为自己的将来打算。1944年2月1日，房龙心脏病又一次发作，他开始过他所谓的"不能活动的生活"。快到月底时，他的心脏病又发作了两次。

他给朋友写信说："当你突然发现自己面对生命的穷途末路时，感觉是多么古怪。但总的来说，我没什么可抱怨的。这虽不是快乐的却也是非常有趣的生活，我现在处于这样一种心情——要是我想继续活下去就必须写作。"他又在考虑写一本关于18世纪历史的书。他把这本书设想成贝多芬的传记，但要涵盖法国大革命和拿破仑时代。3月11日上午，病魔夺去了他的生命。两个月前，朋友们来老格林威治他的住处"新维勒"，庆祝了房龙的62岁生日。

房龙去世后，妻子吉米收到了几百封电报和信件，其中有罗斯福总统、荷兰威廉明娜女王、女王储朱丽安娜公主、荷兰大使劳登的电报，还有罗斯福夫人、前总统胡佛、托马斯·曼、爱因斯坦的来信。威廉明娜女王的电文对房龙夫人表达了最诚挚的同情，为荷兰失去了一位伟大的儿子和其事业的坚定斗士深感悲伤。

《纽约时报》刊登的讣闻

以下是《纽约时报》1944年3月12日为房龙去世发表的讣闻，对房龙的一生做了概括性的描述。

亨德里克·房龙在家中去世，终年62岁

▲ 这位作家、记者患病住在老格林威治，他享有"人类成就的解说人"的名声。

▲ 他的著作售出6,000,000册。

▲ 他20岁时从荷兰来到美国。战前当过新闻记者，曾在康奈尔大学和安蒂奥克学院教书。

《纽约时报》特稿——

康涅狄格州格林威治3月11日电　作家、记者、演说家和不知疲倦的"人类成就的解说人"亨德里克·威廉·房龙于今天上午9:30在老格林威治卢卡斯角的家中去世，终年62岁。

临终时他的夫人——伊莱扎·海伦·克里斯·韦尔·房龙女士守在他的身旁。最近几个月，房龙先生因心脏病发作一直蛰居在被称为"新维勒"的家中。这场心脏病最终导致了他的死亡。

房龙夫人在丈夫死后不久，打电话将死讯向和房龙关系亲近的罗斯福总统和华盛顿的荷兰大使馆作了通报。

葬礼将于星期二下午2:30在老格林威治的第一公理会教堂举行，主持人为文森特·H. 丹尼尔斯牧师。房龙先生将被葬在老格林威治公墓。

将十多门艺术通俗化

房龙先生具有把他生活的世界上的种种复杂问题通俗化的非凡才干。他套用"……的故事"，将十几门艺术和同样数目的自然现象转化为流畅的叙述文字。

书评作家约翰·张伯伦曾经写道："亨德里克·威

廉·房龙写历史的时候，你肯定能同时得到大量的历史知识和充分的房龙风格。"

尽管房龙先生写了至少6本"畅销书"，但他强烈反对用一时的名声"充门面"，他认为自己将在至少100年内默默无闻和不受赏识。

他于1882年1月14日出生于荷兰鹿特丹，为威廉·房龙和约翰娜·汉肯·房龙之子。13岁被送进豪达的学校念书。

他在豪达待了4年，据房龙后来回忆，那个地方"奶酪的气味到处弥漫"。在研读了西塞罗和维吉尔（用房龙的说法，"这些东西就是专为查找荷兰孩子的语法错误而写的"）之后，他离开了那里，进了一所名叫努尔塞伊的私立学校，这所学校是"那种荷兰的格罗顿学校（美国马萨诸塞州格罗顿的一所预科学校。1884年创办，是仿效英国公学的男生寄宿学校）"。照他的说法，该校"向我提供摆摆华而不实的绅士架子的基础"。

在康奈尔大学获得学位

他20岁那年，母亲已经去世，父亲再婚。房龙先生继承了30,000美元，与自己的家道了永别，便来到美国进入康奈尔大学读书。他于1905年获得文学学士学位。其间他还在哈佛大学待了一年（1903年至1904年间）。他回到欧洲，并于1911年在慕尼黑大学获得了博士学位。

1906年，房龙先生与毕业于布林莫尔学院的伊莱扎·英格索尔·鲍迪奇小姐结婚。她是数学家纳撒尼尔的曾孙女。他们有两个孩子——汉塞尔和威廉，他们都长大成人了。威廉是陆军少尉，现在国外服役。汉塞尔（即亨利）是个建筑师，他住在佛蒙特州的多西特。

1911年秋，房龙先生在康奈尔大学担任教授欧洲历史的讲师，大约在这个时候他开始写处女作《荷兰共和国的衰亡》，这本书于1913年出版。有关这段当教师的经历，他后来说道："除了学生，就没人喜欢我。"1914年他离职了。

想当初正是由于为美联社工作，才使他能够在慕尼黑读书。1914年，第一次世界大战刚刚爆发，房龙先生作为收集新闻的记者被派往比利时。

在《巴尔的摩太阳报》当编辑

停战之前，他一直从英国、意大利、瑞士、荷兰、挪威、瑞典和丹麦发回有关战争的报道。尽管有这一番经历，房龙先生还是放弃了新闻报道，他说这是因为新闻报道难以直接对人说话。

他于1922年到俄亥俄州安蒂奥克学院当历史学教授，在那里待了一年。随后他再一次到新闻界闯荡，于次年担任《巴尔的摩太阳报》的副主编。

房龙先生在与第一任妻子离婚后，于1920年与伊莱扎·海伦·克里斯·韦尔小姐结婚。一年以后，他完成了第一本畅销书《人类的故事》。在两年间，这位无须为离婚支付赡养费的作家，在这本书上挣了200,000美元的版税。

紧接着他又写了《圣经的故事》《傻帽儿威尔伯的故事》《宽容》《美国史事》《彼得·斯特伊弗桑特的一生》《奇迹与人》和《伦勃朗的人生苦旅》。

他的其他著作有《天堂对话》《发现太平洋》《我们的奋斗》《艺术》《我们唱的歌》《广播风暴》《跟字母一起漫游世界》《船舶》和《大象上树》。

房龙先生的个人生活于1927年出现一番离奇变故。与伊莱扎·海伦·克里斯·韦尔·房龙的婚姻以离婚告终，他娶了女演员弗朗西斯·古德里奇小姐。接着他又在年内与她离婚，并与第二任妻子复婚。

房龙先生的模样颇引人注目。他体重290磅，身高6英尺3英寸。他工作时戴着厚重的带边框的眼镜，为了让自己那锐利的求索的目光清晰地看到面前的东西，眼镜便滑到了他的鼻梁下面。

虽说房龙先生在广播方面遇到了麻烦（因为他不愿受准备好的稿子的限制），可当他在简短的谈话时间一下子涵盖十几个话题时，他嗓音里带着忧郁，非常健谈。

给自己的作品画插图

据估算，他的书售出了6,000,000册。虽说房龙先生的许多作品堪称鸿篇巨制，但他却认为世人还未成熟到接受真正够分量的著作。

尽管从不以"画家"自居，但房龙运用简洁的线条、鲜明的色彩，技巧熟练地给自己的书画插图，以起到画龙点睛的作用。他信奉图画能取代千言万语的格言，并在图画的周围填补上千言万语来修正这条格言。

房龙先生无休止地与学究们论争。别人指责他的历史内容有误差和年代有错，他回答说这是"教师们的苛求"，至于学者们提到的"含糊其辞和轻率的陈述"，他则耸耸肩，认为既然是他多年来一直相信的就没有错。

他处理传记的主要手段是让自己全身心地融入进去，与他的人物共存。实际上这种"无拘无束"的套近乎也把读者带进了历史场景之中。

他临终时正在写自传《致天堂守门人》，已写到他的第21个生日（自传《致天堂守门人》实际上只写到作家前12年的生活）。

对荷兰广播

房龙先生原打算在完成这部自传之后写康涅狄格州的简史，州里为此出价1000美元。但他谢绝了这笔钱，宣称他"想把写这本书当作消遣"。

房龙先生之死使24小时内美国重要作家去世的人数上升到3位。欧文·S.科布（美国新闻记者、幽默作家，一生共写有60多本书）昨天在纽约去世，约瑟夫·C.林肯（美国小说家，他的不少小说都以他的出生地科德角为背景）昨天死于佛罗里达州的温特帕克。

房龙先生投身于战时荷兰的解放事业，他是波士顿WRUL电台一个对荷兰的短波广播节目的创办人，在节目中他用"汉克大叔"这个化名说话。

为了表彰房龙为荷兰自由事业所做的贡献，荷兰女王威廉明娜于1942年在伦敦授予他尼德兰雄狮勋章。1937年，女王曾表彰他作为作家的突出成就，授予他一个拥有奥伦治·拿骚勋章的官职。房龙先生拥有美国国籍。